BLACKWATER · V

La fortuna

Michael McDowell (1950-1999) fue un auténtico monstruo de la literatura. Dotado de una creatividad sin límites, escribió miles de páginas, con una capacidad al nivel de Balzac o Dumas. Como ellos, McDowell optó por contar historias que llegaran a todo el mundo. Como ellos, eligió el medio de difusión más popular: el folletín, o novela por entregas, en el caso de los maestros del XIX; el *paperback*, o libro de bolsillo, en el caso de McDowell.

Además de ejercer como novelista, Michael McDowell fue guionista. Fruto de su colaboración con Tim Burton fueron *Beetlejuice* y *Pesadilla antes de Navidad*, además de un episodio para la serie *Alfred Hitchcock presenta*. Considerado por Stephen King como el mejor escritor de literatura popular, y pese a su temprana muerte por VIH, escribió decenas de novelas: históricas, policíacas, de terror gótico, muchas de ellas con pseudónimo. En 1983 publicó la que es sin duda su obra maestra, la saga *Blackwater*, y exigió que se publicara en 6 entregas, a razón de una por mes. El éxito fue arrollador. Ahora, tras el enorme éxito de venta y público en Francia e Italia (con más de 2 millones de ejemplares vendidos), llega a nuestro país.

BLACKWATER

LA ÉPICA SAGA DE LA FAMILIA CASKEY

MICHAEL MCDOWELL

BLACKWATER · V

La fortuna

Traducción de Carles Andreu

BLACKIE BOOKS

Título original: *Blackwater. Part V: The Fortune*

Edición original publicada por Avon Books en 1983.
Publicado también por Valancourt Books en 2017

Calle Església, 4-10
08024 Barcelona
www.blackiebooks.org
info@blackiebooks.org

Maquetación: David Anglès
Impresión: Liberdúplex
Impreso en México

Primera edición en México: diciembre de 2024
ISBN: 978-607-385-130-5

Resumen

BLACKWATER · IV

LA GUERRA

Elinor toma el mando de la familia Caskey. Son tiempos convulsos, pero gracias a la actividad de la guerra y a la herencia de Mary-Love, los Caskey no dejan de acumular riqueza. Miriam y Frances estrechan lazos durante un verano en el que Frances descubre su conexión con el mar. Todo termina cuando Miriam se marcha a la universidad y Frances es cortejada por un militar llamado Billy Bronze, con quien termina casándose. Pero la joven empieza a sospechar que hay algo en ella distinto a los demás, algo que la posee y que una noche la hace vengarse brutalmente de un militar que viola a Lucille junto al lago y la deja embarazada. Para evitar los rumores, Lucille se muda a una casa en el bosque acompañada de Grace, y allí las dos jóvenes construyen una vida apacible hasta que una noche reciben la noticia de la muerte de James Caskey.

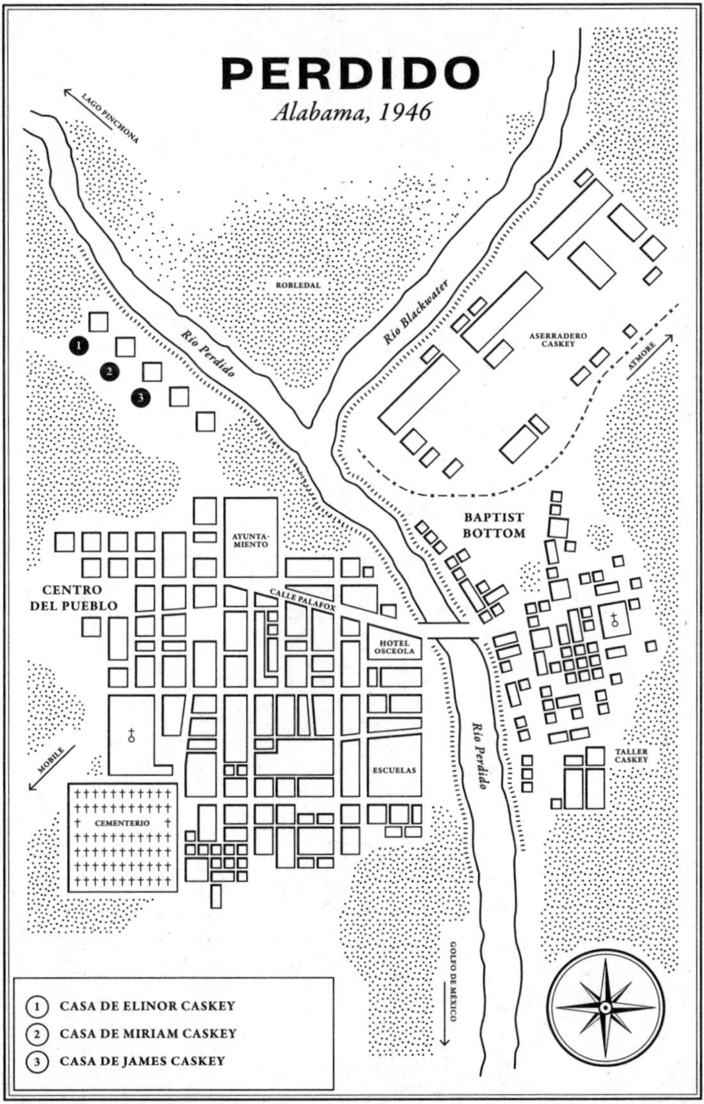
PERDIDO
Alabama, 1946
LAGO PINCHONA
ROBLEDAL
Río Blackwater
Río Perdido
ASERRADERO CASKEY
ATMORE
BAPTIST BOTTOM
AYUNTAMIENTO
CENTRO DEL PUEBLO
CALLE PALAFOX
HOTEL OSCEOLA
Río Perdido
TALLER CASKEY
MOBILE
ESCUELAS
CEMENTERIO
GOLFO DE MÉXICO
1 CASA DE ELINOR CASKEY
2 CASA DE MIRIAM CASKEY
3 CASA DE JAMES CASKEY

Genealogía
Caskey, Sapp, Snyder y Welles — 1946

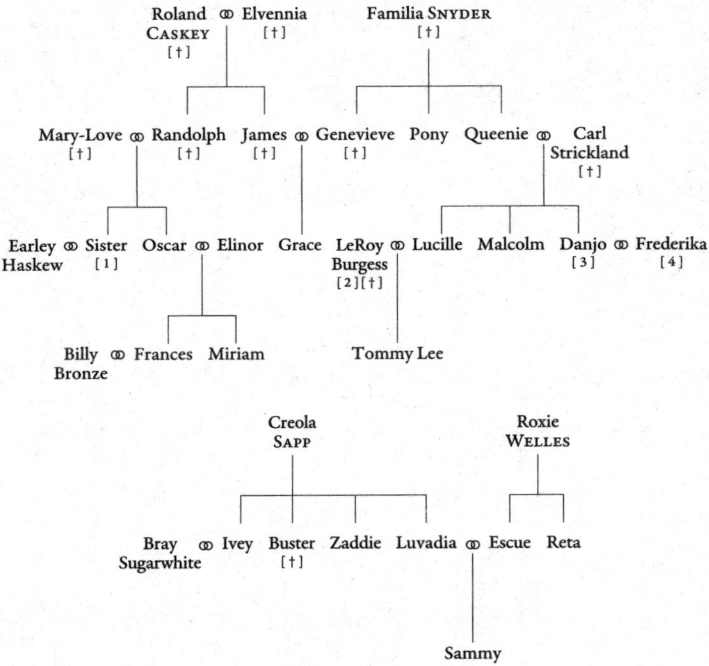

[1] Elvennia
[2] Travis Gann
[3] Daniel Joseph
[4] von Hoeringmeister

Quinta parte

La fortuna

I

La tasación

Todos los Caskey lloraron sinceramente la muerte de James Caskey. Aunque era ya un hombre viejo y frágil, nadie había imaginado que fuera a morirse. Era el más anciano del clan, aunque nunca había sido su líder en ningún sentido. Tal vez si hubiera ocupado una posición más eminente, los demás se habrían preguntado: «¿Quién tomará el relevo cuando James no esté?». Pero lo cierto es que tras su muerte no se produjo ninguna reorganización del estatus ni de la posición de los demás miembros de la familia, sino simplemente el reconocimiento del vacío que había dejado.

Queenie era la que se sentía más sola, y todo el mundo la trataba como si fuera la viuda de James y no su cuñada. Su hijo Danjo se había casado, pero estaba atrapado en Alemania con su esposa alemana y no podía regresar por problemas con inmigración, o por lo menos eso era lo que le había contado por carta a su madre. Lucille, la hija de Queenie, se había convertido en la «esposa de granjero» perfecta y no quería ni oír hablar de volver al pueblo y vivir con su madre. Y esta no había visto a Malcolm, su hijo mayor, desde que se marchó en 1938, por lo que suponía que había muerto.

—Mamá —dijo en tono compasivo Lucille, cuyo estado de ánimo era a menudo voluble—, ven a Gavin Pond a vivir con Grace, Tommy Lee y conmigo.

Pero Queenie se limitó a negar con la cabeza y se enjugó una lágrima.

—Queenie, instálate en mi casa, en la antigua habitación de Mary-Love —dijo Sister—. Miriam se pasa el día en el aserradero y yo necesito un poco de compañía.

Queenie también rechazó esa oferta en silencio.

—Sabes que siempre eres bienvenida en nuestra casa —dijo Elinor.

Queenie rechazó todas las propuestas y finalmente se aventuró a formular una tímida petición:

—¿Os parece bien si me quedo aquí? ¿Para cuidar de todas las cosas viejas de James? Él adoraba esta casa...

Tras una brevísima conversación, la familia decidió que era la solución perfecta, de modo que vendieron la antigua casa de Queenie, situada a unas manzanas de distancia y que durante los últimos años había estado desocupada la mayor parte del tiempo.

Grace, la hija de James, había supuesto que este le dejaría toda su fortuna a ella (como era costumbre entre los Caskey), y había tratado de encontrar la mejor forma de dividirla entre todos los seres queridos de su padre. Pero al leer el testamento constató aliviada que eso no sería necesario: salvo pequeños legados para su cocinera Roxie y para la iglesia metodista de Perdido, la fortuna de James se dividiría a partes iguales entre Queenie, Danjo y Grace.

El problema era que nadie conocía el alcance de la fortuna de James, pero dicho desconocimiento resultó ser la solución a otro problema de los Caskey. Desde que Billy Bronze y Frances Caskey se habían casado, este había tenido mucho tiempo libre, en especial después de licenciarse de las Fuerzas Aéreas. Billy trabajaba como voluntario en la oficina local de la Administración de Veteranos, y cuatro tardes a la semana daba clases de radio y de contabilidad a los exmilitares que regresaban a Perdido. Pero la mayor parte del tiempo Billy se sentía inútil, abandonado con las mujeres de la familia mientras su suegro Oscar y su cuñada Miriam se iban a trabajar al bullicioso aserradero. Había rechazado un empleo en el negocio familiar porque no sabía nada sobre madera y porque sabía que Oscar le había hecho la oferta solo por compasión. Miriam, con mayor franqueza, había añadido: «Estaremos encantados de ponerte en nómina siempre y cuando prometas que no serás una molestia». A Billy no le bastaba con trabajar: quería hacer algo útil.

A Frances le gustaba tener a su marido todo el día en casa. Le encantaba que todas las tardes pudiera llevarla al cine de Pensacola o de compras a Mobile. Pero, al mismo tiempo, lo veía inquieto. Una mañana del invierno de 1946, mientras estaban en la cama, Frances se volvió hacia él y le dijo:

—A lo mejor Miriam podría encontrarte un puesto en la oficina del aserradero. Ya sé que no sabes nada de árboles y que no te gusta trabajar al aire libre, pero con un lápiz y una calculadora te las arreglas perfectamente...

—No, no —protestó Billy—. ¡No le digas nada a Miriam, por favor!

—¿Por qué no? —preguntó Frances, desconcertada.

—Piensa un momento —dijo Billy—. Piensa en lo mucho que trabaja Miriam en ese aserradero.

—¡Pero es que lo dirige! —dijo ella con orgullo.

—Exacto —asintió Billy—. Y ahora piensa qué pasaría si de repente yo empezara a presentarme allí todos los días.

—Que la ayudarías a dirigirlo mejor.

Billy negó con la cabeza.

—No, no. No olvides que ahora soy un Caskey. Si fuera a trabajar a esa oficina, la gente empezaría a acudir a mí, porque soy mayor y porque soy un hombre. Muy pronto tendría más poder que Miriam, no porque fuera mejor que ella, sino simplemente por ser un hombre. Y como Miriam lo sabe, no quiere que esté allí. Y no la culpo en absoluto.

—¿De verdad crees que pasaría eso?

—No lo creo: lo sé —respondió Billy en tono tajante—. No pienso interferir en la vida de tu hermana. Ha trabajado mucho y muy duro. En cambio —añadió Billy, tomando a Frances entre sus brazos y colocando la cabeza de esta sobre su pecho desnudo—, lo que tal vez podría hacer...

—¿Qué?

—Podría llevar la contabilidad. Es lo que mejor se me da.

—Pero si acabas de decir que no quieres interferir...

—No estoy hablando del aserradero —dijo Billy—. Me refiero a llevar las cuentas de la familia, de convertirme en una especie de contable personal para todos.

—¿Y crees que podrías hacerlo? Papá dice que todo es muy confuso...

—Podría hacerlo sin despeinarme. Lo heredé de mi padre; hizo todo su dinero trabajando como contable, se le daba muy bien. Por las noches bajaba a su oficina y se pasaba diez minutos revisando los libros. Entonces, al día siguiente, salía y ganaba cinco mil dólares. Nunca vi nada igual.

Frances estaba tan entusiasmada con la idea que sacó a su marido de la cama y lo arrastró a toda prisa al comedor, donde insistió en que presentara su propuesta a Elinor y Oscar.

—Dejadme que estudie la situación —les dijo Billy—. Seguro que encontramos la forma de averiguar qué tiene cada uno. No estaría mal saber en qué situación estáis todos.

—No es mala idea —respondió Oscar—, pero yo no sabría ni por dónde empezar; todo está muy enmarañado. Verás, nos fue bastante mal durante los primeros años de la Depresión, y luego bastante bien durante la guerra. Entonces hubo una temporada en la que a todo el mundo le dio por morirse y hubo que gestionar los testamentos, quién dejaba qué a quién, quién tomaba prestado de quién y viceversa, etcétera. Y ahora mismo la cosa funciona tal que así: cuando alguien necesita dinero, va a Miriam y esta le extiende un cheque.

—Pues no debería ser así —repuso Billy—. Y que conste que no es una crítica a Miriam, pero todo el mundo debería saber exactamente cuánto tiene. Así nadie se sentirá engañado y, creedme, todos ganaréis más dinero.

A Elinor pareció gustarle la idea.

—¿Qué necesitas? —preguntó.

—Quiero ver todo lo que tengáis: documentos, testamentos, escrituras, extractos bancarios, certificados, todos los papeles que tengáis guardados. Lo primero será determinar qué os pertenece a cada uno personalmente y qué pertenece al aserradero. Lo que sea propiedad del aserradero se lo pasaré a Miriam y lo dejaré en sus manos. Eso también la ayudará a poner las cosas en orden. Y en cuanto sepamos lo que tiene cada uno, veré qué podemos hacer para que se multiplique. —Billy se encogió de hombros y se rio, disculpándose—. No soy avaricioso, ya lo sabéis, pero lo llevo en la sangre. Veo una hoja de balance y lo único que puedo pensar es: «¿Cómo consigo que esos totales crezcan?».

—¿Cuándo quieres empezar? —preguntó Elinor.

—Cuanto antes mejor. Pero ¿no crees que es mejor que primero hables con los demás?

—¿Para qué? —preguntó Elinor, convencida de su posición dentro de la familia Caskey—. Van a decir que sí.

Así pues, Billy se puso inmediatamente manos a la obra para aclarar la situación económica de los Caskey. Elinor le alquiló una pequeña oficina en el centro del pueblo y le compró un escritorio y archivadores. Billy contrató a Frances como secretaria, no porque esta fuera especialmente eficiente, sino porque disfrutaba mucho de su compañía, incluso cuando él estaba callado y absorto en su trabajo. Uno a uno, los Caskey fueron a ver a Billy y le llevaron todos los documentos que pudieron encontrar. Los Caskey le fueron contando todo lo que recordaban sobre los asuntos financieros de la familia, mientras Billy tomaba notas y hacía preguntas.

Miriam y Billy empezaron a colaborar. Antes de poder determinar el valor neto real de la familia, había que separar las operaciones que pertenecían directamente al aserradero y los negocios personales. Miriam se alegraba de poder echar una mano en aquella tarea que, en última instancia, aportaría mayor claridad a su propio trabajo. Mientras su hermana y su marido se encerraban en su despacho, Frances se paseaba por la sala exterior, hojeando revistas y observando por la ventana el dique cubierto de arrurruz.

En abril, finalmente, Billy terminó de poner en orden las finanzas de la familia, y un domingo por la tarde, después de la comida, los Caskey se reunieron en el porche de Elinor. Incluso Grace, Lucille y Tommy Lee habían bajado desde la granja de Gavin Pond para pasar el día.

Elinor hizo una breve introducción:

—Billy ha tenido la amabilidad de acceder a encargarse de nuestra situación financiera a partir de ahora. Quiero que todos lo escuchéis y que hagáis exactamente lo que os diga.

Tras esas palabras, Billy se puso de pie, asintió con gesto modesto y tomó la palabra.

—Bueno, lo primero es que no quiero que nadie piense que me he metido en todo esto porque tenga ganas de controlaros; no se trata de eso en absoluto. No soy más que un yerno que hace de contable, lo único que he tratado de hacer es poner orden en las cuestiones económicas de la familia...

—Seguramente sea la primera vez —intervino Sister.

—He revisado todos los papeles que me habéis traído y he intentado cuadrar todas las cuentas. Me estoy ocupando de todo para que nadie más que yo tenga que pensar en este asunto. Todos habéis sido muy pacientes y no os habéis enfadado, a pesar de que a veces pensarais que me estaba entrometiendo en vuestros asuntos privados; incluso Grace me ha traído sus libros de cuentas de la granja de Gavin Pond, y creo que podré ayudarla a aumentar su rebaño. A partir de ahora, si tenéis preguntas venid a verme a mí: creo que tengo una idea bastante clara de la situación.

—¡Estás trabajando mucho! —exclamó Sister.

—A lo mejor os parece que es mucho, pero no lo es —confesó Billy—. Ese es el problema, Sister: no sabéis cuánto dinero tenéis. Cuando queréis ir a Nueva Orleans, vais a ver a Miriam, que os da doscientos cincuenta dólares en efectivo, y a eso lo llamáis contabilidad. Pues bien, hoy os he reunido aquí para deciros que tenéis demasiado dinero para gestionarlo así.

Algo en el tono y los modales de Billy les recordó a los Caskey al sermón de la predicadora metodista de aquella mañana. Billy estaba señalando los errores de sus hábitos financieros y exhortándoles a seguir el camino de la responsabilidad fiscal.

—¿Cuánto tenemos? —preguntó Oscar.

—Bueno —dijo Billy—, es evidente que la mayor parte de la riqueza familiar está vinculada al aserradero y a las instalaciones. Por eso Miriam y yo hemos estado trabajando codo con codo para ver si podíamos determinar exactamente el valor de todo eso.

Billy se volvió hacia Miriam, que se puso en pie con unos papeles en la mano.

—No voy a entrar en detalles, porque no es necesario. Y, de todos modos, la mayoría no los entenderíais —dijo Miriam con su característica franqueza—. Aquí hay dos puntos. Punto número uno: James tenía un interés del cincuenta por ciento en todo. Y Sister y Oscar tienen un interés del veinticinco por ciento. Es decir, el dinero real total se divide entre Sister, Oscar y los herederos de James. Y que conste que no lo digo como una queja, solo estoy exponiendo la situación. Punto número dos: el aserradero y las tierras de los Caskey combinados tienen un valor aproximado de veintitrés millones de dólares.

Miriam volvió a tomar asiento.

—¡Dios mío! —gritó Queenie.

Nadie dijo nada más; a nadie se le había ocurrido que el valor pudiera ser tan elevado. Ninguno de los Caskey se había planteado siquiera asignarle al negocio un importe en dólares.

—Solo queríamos que os hicierais una idea del volumen —dijo Miriam—. ¿Veis a qué me refiero? Todo el mundo se ha llevado una sorpresa. Oscar —dijo, volviéndose hacia su padre con una sonrisa nada habitual—, ni siquiera tú esperabas que fuera tanto, ¿verdad?

—¡Desde luego que no!

—Vuestras fortunas personales son mucho menores —siguió diciendo Billy—. Durante muchos años, la mayor parte de los beneficios personales se han reinvertido, y no siempre de la forma más equilibrada.

Oscar se sonrojó.

—Billy, déjame decir que...

—Nadie te está culpando de nada, Oscar —intervino Sister—. Tú eres el responsable del crecimiento del aserradero. Y si veintitrés millones de dólares no son suficientes para que todos podamos vivir tranquilos, apaga y vámonos.

—No —dijo Billy—, no es tanto que las cosas fueran injustas, sino más bien confusas. Todo el mundo pidió prestadas cantidades que luego no devolvió, dinero que debería haber sido para Sister se usó para comprar maquinaria nueva, etcétera. Nadie está acusando a nadie de nada, y el hecho es que, si Oscar no hubiera hecho lo que hizo, el negocio podría haber cerrado perfectamente, y eso lo sabéis todos. Lo único que he tratado de hacer es volver a separar las cosas para que todos sepáis a qué ateneros. Eso es lo que he hecho. Contando propiedades y títulos personales, y excluyendo los bienes correspondientes al aserradero, Oscar Caskey tiene un patrimonio aproximado de un millón cien mil dólares.

Oscar silbó y Elinor esbozó una sonrisa satisfecha.

—El patrimonio de Sister Haskew asciende aproximadamente a un millón trescientos mil dólares.

—¡Familia! —exclamó Sister, mirando alrededor

de la habitación con expresión de asombro—. ¡Mañana me compro un coche nuevo!

—James Caskey —continuó Billy— tenía un patrimonio aproximado de dos millones setecientos mil dólares, sin contar la mitad de su participación en el aserradero. Y, como sabéis, esa fortuna se dividirá en tres partes iguales en el momento de legalizar el testamento.

—¡Por Dios! —exclamó Queenie, sentada en el columpio con su nieto en el regazo—. ¡James me ha hecho millonaria!

—Dicho eso —prosiguió Billy Bronze—, no hay ninguna razón para que esta familia no pueda hacerse aún más rica. Ahora tenéis dinero, y una vez se tiene dinero, no hay nada más fácil que generar más.

—¿Para qué? —preguntó Grace—. ¿Quién necesita millones y millones de dólares? ¿Para qué necesitamos más dinero del que ya tenemos?

Miriam se volvió hacia su prima con expresión agria.

—Para poder salir corriendo a comprar tus cuatrocientas vaquillas, para eso.

—No quiero cuatrocientas —replicó Grace, imperturbable—. Mi pasto no es tan grande, necesito unas ochenta. A menos que despeje más terreno...

—Yo no estoy en contra de ganar más dinero —dijo Oscar—. De hecho, creo que es justo lo que tenemos que hacer, solo que no sé cómo hacerlo. ¿Tú sabes, Billy?

—Sí —dijo Billy—, creo que sí.

Miriam asintió con la cabeza.

—Billy sabe de lo que habla. Si de mí dependiera, todos los presentes le firmaríais poderes notariales dándole carta blanca.

—No tenéis por qué hacer eso —repuso Billy, un poco nervioso—. Lo único que quiero es haceros recomendaciones para que, si os parecen bien, podáis actuar en consecuencia. Eso es todo. He aquí mi sugerencia: Miriam y yo trabajaremos juntos; Miriam se encargará de la empresa, como viene haciendo, y muy bien, por cierto, de un tiempo a esta parte, y yo me encargaré de vuestras fortunas personales. Si necesitáis dinero, ahora acudiréis a mí en vez de a Miriam.

—Ni que decir tiene que no tener que pasarme el día extendiendo esos malditos cheques me ahorraría bastantes molestias... —dijo Miriam.

Todos los Caskey aceptaron la propuesta de Billy, y después de aquella tarde de domingo en el porche no volvieron a verse a sí mismos de la misma forma. Tenían mucho más dinero del que cualquiera de ellos habría sospechado. Elinor estaba orgullosa, como si considerara que sus consejos y su apoyo a Oscar durante los años difíciles hubieran hecho posible aquella fortuna. Sister estaba eufórica, pues ¿cómo iba a alcanzarla ahora su marido? Su dinero le habría permitido mantener a raya a alguien mucho más peligroso e insistente que Early Haskew. Grace y Lucille estaban encandiladas con sueños de pastos y rebaños y tierras recién desbrozadas. Las posibilidades para la familia parecían infinitas, pero al mismo tiempo la situación parecía un poco vaga. Durante los días siguientes, todos se dedicaron febrilmente a buscar cosas en las que gastar dinero. Sister compró un coche nuevo para ella y otro para Miriam. No solo eso, también le compró uno a Billy Bronze. En su nuevo coche, Sister llevó a Roxie, Ivey, Zaddie y Luvadia a Pensacola, donde entraron en una de las tiendas de ropa más bonitas de la ciudad y les dijo:

—No nos iremos de aquí hasta que haya despilfarrado quinientos dólares en vosotras. ¡Lo digo en serio!

Pero, en términos generales, no es que los Caskey empezaran a gastar mucho más que antes, solo que ahora eran conscientes de su riqueza. En su oficina del centro del pueblo, Billy estaba muy ocupado: se hizo cargo de la administración de la casa de Queenie para que esta no se viera en apuros económicos mientras se tramitaba el testamento de James; debatía con Grace sobre la mejor forma de ampliar la granja de Gavin Pond; Sister acudía a verlo dos veces por semana para saber a qué ritmo y en qué grado aumentaba su patrimonio; Oscar y Miriam también lo visitaban con frecuencia, y Billy solía enfrascarse en dilatadas conversaciones financieras, en particular con su cuñada. Frances estaba sumamente orgullosa de lo que su marido había hecho (y seguía haciendo) por la familia. Los Caskey instaron a Billy a aceptar un salario a cambio de su trabajo, cosa que este hizo sin rechistar.

El yerno había introducido a los Caskey en una etapa totalmente nueva de su historia.

2

Otras cosas que hizo Billy

Durante los meses en los que era ya evidente que la guerra estaba llegando a su fin, los Caskey pisaron el acelerador. Miriam y su padre decidieron que debían iniciar cuanto antes una reconversión para volver a la forma en que habían operado antes de la guerra, ya que pronto los militares dejarían de construir bases y cuarteles. Durante los últimos meses de 1945, el aserradero de los Caskey seguía satisfaciendo pedidos atrasados, pero lo cierto era que recibían pocos nuevos. Por lo que veía en Perdido, Miriam se dio cuenta de que, terminada la guerra, las cosas iban a cambiar. Los veteranos que regresaran querrían nuevas viviendas, por ejemplo. Iba a haber que reconstruir o remodelar las fábricas para abrir puertas a nuevas industrias y ofrecer empleo a los antiguos soldados. El país iba a tener que aprender a lidiar con la prosperidad, tal como en su día había aprendido a lidiar con el empobrecimiento general. A principios de 1946, el aserradero de los Caskey funcionaba a pleno rendimiento en todas sus divisiones, incluso sin que entraran nuevos pedidos de madera, postes, marcos de ventana o cajas. Oscar dio instrucciones a sus carpinteros para que construyeran nuevos almacenes en las antiguas propiedades del aserradero de los Turk: cuando empezaran a llegar los pedidos civiles, como Miriam estaba convencida de que sucedería, los Caskey estarían preparados.

Después de hacerse cargo de las finanzas de los Caskey, Billy Bronze tomó una parte de sus fortunas personales y empezó a invertirla en acciones que él y Miriam consideraban que iban a subir considerablemente en el futuro inmediato. Para diversificar, compró varios edificios de apartamentos en Mobile para Sister, y propiedades en primera línea de playa en la isla de Santa Rosa para Oscar, y vertió el dinero de Queenie y Grace en el desarrollo de la granja de Gavin Pond. Danjo se había enterado por su madre de la muerte de James y por Billy, de su cuantiosa herencia. El joven le pidió a Billy que invirtiera el dinero en Estados Unidos y que le enviara tan solo los beneficios. En una carta, Danjo le escribió: «En realidad, la única razón por la que iba a volver a Perdido era porque sabía que James estaba muy solo. Pero ahora que ha muerto, voy a quedarme aquí. Fred no quiere irse y a mí no me importa quedarme. Venid a visitarnos a nuestro castillo». Billy decidió ceñirse a la historia que Danjo le había contado a su madre, según la cual no podía regresar por problemas con inmigración.

La opinión general entre los Caskey era que no sabían qué habrían hecho sin Billy.

A finales de 1946, cuando llevaba algo más de un año casada con él, Frances descubrió que estaba embarazada. O, mejor dicho, lo descubrió Elinor, a través de una serie de minuciosas preguntas sobre los tiempos y las estaciones de su hija. Leo Benquith confirmó el diagnóstico. El médico, un hombre ya mayor, había visto considerablemente reducida su clientela. Seguía atendiendo a los Caskey y a algunas otras familias, pero la mayoría de sus pacientes se habían pasado a dos médicos jóvenes que se habían instalado en el pueblo.

—Billy se pondrá muy contento —dijo Elinor mientras acompañaba a su hija a casa desde la consulta.

Frances guardó silencio.

—¿No estás contenta, cariño?

—No lo sé, mamá. ¿Debería estarlo?

—¡Pues claro! —respondió Elinor con una sonrisa boba—. ¡Toda mujer joven casada quiere tener hijos!

—No si los niños van a ser deformes... —respondió Frances en voz baja.

Elinor le dirigió una mirada de soslayo, pero no dijo nada hasta que se detuvieron frente a la casa. Frances estaba a punto de salir del coche cuando

Elinor la agarró por el brazo y le dijo en tono vehemente:

—¿«Deforme»? ¿Es eso lo que piensas? ¿Es así como te ves a ti misma? ¿Es así como me ves a mí?

—Mamá...

—¿Acaso Zaddie Sapp es deforme porque nació con la piel negra?

—Por supuesto que no...

—¿Y Grace y Lucille? ¿Son deformes porque han renunciado a los hombres y viven juntas en la granja de Gavin Pond?

—No, mamá, eso no es lo que...

—¡Así es como nacieron, cariño! Zaddie nació con la piel negra y Grace Caskey nació con predilección por las mujeres. ¿Crees que solo porque sean diferentes Creola Sapp debería haber dicho: «No voy a ayudar a dar a luz a esta niña»? ¿Crees que Genevieve y James deberían haber dicho: «No queremos un bebé si cuando crezca no va a ser como todos los demás en el pueblo»?

Al principio Frances no contestó, pensando que su madre la interrumpiría de nuevo. Pero Elinor no dijo nada más y se quedó con la vista clavada al frente y las manos aferradas al volante.

—Mamá —dijo Frances en voz baja—, no hablaba pensando en mí, sino pensando en el bebé. Estaba pensando: «¿Y si el bebé no es feliz?». Eso es todo. Yo lo voy a querer, sé que lo haré.

—Has dicho «deforme» —señaló Elinor.

—Supongo que no es eso lo que quería decir. Quería decir... «diferente». Me refería a si el bebé va a ser como tú y como yo.

Elinor se volvió hacia a su hija y ahora le dirigió una mirada más afectuosa.

—¿Tan infeliz eres?

—¡No! —gritó Frances, inclinándose hacia delante—. ¡No soy infeliz, mamá! ¿Cómo voy a ser infeliz, estando casada con Billy y pudiendo vivir contigo y con papá? No cambiaría nada de mi vida. ¡Mamá, ni siquiera perdimos a nadie en la guerra! Y hay tanta gente que ha perdido a alguien...

—Pues muy bien —dijo Elinor—. Pongamos que tienes un bebé que es como tú y como yo. Sería diferente, eso es todo. Zaddie también es diferente. Zaddie es negra. Y Grace es diferente. Grace nunca se casará ni tendrá hijos propios. Pero son felices. Y tú eres feliz. ¿Por qué crees que tu propio bebé no podría crecer igualmente feliz?

Frances reflexionó un momento.

—Supongo que podría —concluyó—. Supongo que en realidad lo que me preguntaba era si el bebé sería como nosotras, mamá.

—No hay forma de saberlo hasta que nazca —dijo Elinor, pensativa—. Entonces lo sabremos.

Elinor fue a abrir la puerta del coche, pero Frances le puso una mano en el hombro por acto reflejo.

—Espera —dijo con un susurro—. Mamá, solo

estaba preocupada. Solo pensaba en el bebé, no pretendía insinuar que...

—Ya lo sé, cariño.

Cuando entraron en casa, Billy dijo:

—¿Por qué os habéis quedado sentadas tanto rato en el coche? ¡Debéis de estar heladas!

Frances sonrió.

—Estábamos comentando las buenas noticias.

—¿Qué buenas noticias?

—Voy a tener un bebé —anunció Frances.

La sorpresa y la felicidad de Billy se manifestaron en una sonrisa que parecía que le iba a partir la cara, y en una serie de protestas vagamente articuladas de que no podía ser cierto. Frances le aseguró que lo era.

—¿Estás segura de que vas a querer un bebé que no hará más que llorar todo el tiempo? —preguntó Frances.

—Por lo que a mí respecta, nuestro pequeño bebé puede llorar todo lo que quiera. ¿Cuándo va a nacer?

—En julio —dijo Elinor rápidamente.

—¿Vas a encargarte tú de Frances? —le preguntó Billy a su suegra.

Elinor asintió. Billy siempre decía lo correcto.

—Con la ayuda de Zaddie. Vamos a asegurarnos de que el bebé esté sano.

—Mamá —dijo Frances, en un tono algo incómodo—, estaré bien. El doctor Benquith puede...

—Zaddie y yo cuidaremos de ti —insistió Elinor sin mirar a su hija—. Leo no. Ya me encargué de Frances durante la artritis...

—Y me curaste —admitió Frances.

—... y también voy a encargarme de ella ahora.

—¿Crees que puede haber complicaciones? —preguntó Billy.

—Lo que creo es que a partir de mañana mismo voy volver a bañar a Frances tal como hice cuando estaba tan enferma —dijo Elinor.

—¿Con agua del Perdido? —preguntó Frances en voz baja.

A partir de ese momento, como si volviera a ser una niña, Frances Bronze se sentaba en la bañera durante una hora al día mientras su madre se arrodillaba en el suelo frente a ella y le pasaba una esponja empapada de agua del Perdido por todo el cuerpo. Aunque Frances nunca esperaba con ansia la ablución, después de las primeras veces tampoco la temía. De hecho, parecía que nunca pensaba en ella, ni siquiera se acordaba, hasta que Elinor iba a buscarla y le decía con voz dulce: «Es hora de subir, Frances». Esa frase inmutable era como un detonante en la mente de Frances: en cuanto la oía, parecía olvidarse de todo lo demás; dejaba lo que fuera que estaba haciendo y subía las escaleras. Una vez arriba, era como si su ropa se deslizara sola sobre su cuerpo y cayera por su propio peso, y acto seguido Frances se metía en la bañera. Mientras su madre le restregaba la piel con aquella agua roja y turbia, y el olor del río se elevaba a su alrededor, Frances pensaba que no podía existir ninguna sensación comparable. Y tras un breve intento de echar a su madre se entregaba a aquel intenso placer. En el último momento, antes de olvidarse de todo lo demás, Frances se preguntaba: «¿Se ha producido una transformación ahora mismo?» o «Se ha producido una transformación, pero ¿cuán completa es?», y juraba que más tarde interrogaría a su madre. Pero más tarde —siempre más de una hora después según el reloj, aunque le costaba creer que el tiempo hubiera pasado tan rápido— a Frances ya se le habían olvidado todas las preguntas. De hecho, solo recordaba dos cosas: a su madre cerrando la puerta del cuarto de baño para evitar intrusiones y luego a sí misma saliendo de la bañera, con la sensación de que aquella agua roja y turbia se deslizaba sobre su cuerpo. Pero la hora que transcurría entre el chasquido de la cerradura se le escapaba, al igual que la sensación del agua turbia abandonándola y regresando a la bañera, y no guardaba de ese rato un recuerdo más claro que el de los tres años que había pasado en cama con su enfermedad.

A veces Billy se quejaba del olor que el agua del río dejaba en el pelo y en la piel de su esposa, pero Frances, que consentía a su marido en todo lo demás, se limitaba a decirle: «Ya te acostumbrarás».

Para el resto de la familia, el embarazo de Frances fue otro ejemplo innegable de la diligencia de Billy Bronze: en cuanto se proponía algo, lo hacía. Y en cuanto se le había metido en la cabeza que iba a formar parte de la familia Caskey, había elegido a una hija casadera, la había cortejado, la había conquistado, se había casado con ella y la había dejado embarazada para producir más Caskeys. La admiración que la familia profesaba a Billy Bronze era ilimitada, y todos confiaban mucho en sus juicios y opiniones.

Grace, por ejemplo, buscaba constantemente su aprobación y consejo para sus planes de desarrollo de la granja de Gavin Pond. Estaba ansiosa por adquirir más tierras con el dinero que le había legado su padre. La mayoría de los miembros de la familia se oponían a ello, pues opinaban que Grace ya poseía más propiedades de las que podía utilizar al otro lado del río Perdido, en Florida, y que, además, la mayor parte de las que pensaba comprar —al sur de sus propiedades actuales— eran meros terrenos pantanosos, inservibles como tierras de cultivo y desprovistos de bosques aprovechables. Pero Grace halló dos defensores inesperados: Billy y Elinor.

—Si tienes dinero que no usas y que probablemente no vas a necesitar, no te lo pienses y compra esas tierras —dijo Billy—. Nunca saldrás perdiendo.

—Tengo un presentimiento sobre ese pantano —dijo Elinor.

—¡Pero si no lo has visto nunca! —exclamó Oscar.

—¿Y tú qué sabes? —respondió Elinor, mirando a su marido con una ceja arqueada. Oscar no volvió a abrir la boca.

Con un afán irracional digno de la difunta Mary-Love, Grace Caskey compró más de seis mil quinientas hectáreas de terrenos pantanosos sin valor aparente, situadas al sur de la granja de Gavin Pond. Aunque en las últimas décadas aquella región había sido propiedad primero de los indios Creek y luego de los españoles, los franceses, los ingleses y los estadounidenses, aquella inhóspita extensión de pantanos, estanques y cipreses nunca había estado habitada, nadie había cazado en ella y, de hecho, ni siquiera estaba explorada por completo. Con aquellas tierras —que se sumaban a las de la granja de Gavin Pond—, las posesiones de Grace ahora limitaban con las veinte mil hectáreas de madera que poseía Oscar en el condado más occidental de Florida. Aparte del Gobierno federal, los Caskey se habían convertido en los principales terratenientes del *panhandle* de Florida.

Cuando fue a visitar a su hija y a su nieto en la granja, Queenie sacudió la cabeza.

—De verdad que no lo entiendo —le dijo a Grace—. No entiendo por qué has comprado toda esa tierra, si es que puede llamarse así.

—Mamá —protestó Lucille—, Grace no quería que estuviéramos acorraladas.

—¡Acorraladas! —exclamó Queenie con tanto ímpetu que el pequeño Tommy Lee pegó un bote sobre sus rodillas—. ¡Pero si no hay nadie en ocho kilómetros a la redonda! ¡Podríais pasaros años gritando y no vendría nadie! ¿Y quién en su sano juicio intentaría hacer algo con ese pantanal? ¡Ni cazadores furtivos, vais a tener!

—Queenie —dijo Grace sin perder la calma—, a Tommy Lee le acaban de salir los dientes. ¿Qué quieres, que se le caigan?

Poco después, Sister recibió una carta de Early Haskew. No había visto a su marido desde la Navidad de 1943. La nota decía:

> Querida Sister:
>
> Estoy en Kitzen, en Alemania, trabajando en la construcción de una serie de puentes para los Aliados. Me enteré de que el chico de Queeny vivía por aquí y fui a verlo. Su esposa parece muy agradable. Viven en un castillo enorme, que era del padre de ella y que es demasiado grande para los dos. Los castillos pueden ser muy fríos, y el frío en Europa no es lo mismo que el frío en Perdido. Debería terminar en marzo y entonces volveré a casa. Espérame a mediados de abril o así. Pregúntale a Ivey si su madre puede darnos unos cuantos cachorros. Es difícil vivir sin perro. ¿Cómo está Grip?
>
> Te quiere,
> Tu marido Early

—¡Grip ha muerto! —le gritó Sister a Ivey, mientras se tambaleaba por el comedor hasta la cocina—.

Se puso a perseguir un coche y lo atropellaron. ¿Qué voy a hacer?

Pero lo que angustiaba a Sister no era su perro de caza muerto, sino su propia suerte. No tenía ya ningún sentido que intentara convencerse de que echaba de menos a Early Haskew o de que quería retomar su vida de casada.

—¡Señor! ¡Ay, señor! —exclamó Sister, que entró por la puerta principal de la casa de Elinor con la carta arrugada en la mano—. Con la de gente que ha muerto en la guerra, ¿por qué demonios tiene que volver vivo Early?

—Early no ha estado en el frente —dijo Elinor, que salió al vestíbulo con una servilleta aún en la mano y acompañó a Sister al comedor.

Esta se dejó caer en la silla que Elinor había dejado libre en la cabecera de la mesa y apartó el plato que tenía enfrente como si fuera el suyo propio y hubiera perdido el apetito de repente. Elinor fue a la cocina y le llevó un vaso de té helado. Sister estaba tirada sobre la silla, con la cabeza gacha.

—¡No quiero nada! —bramó.

Todos se quedaron en silencio. Entonces Sister levantó la vista. En sus ojos brillaba una esperanza febril.

—¡Billy! —exclamó—. ¡Billy Bronze! ¡Dime qué tengo que hacer! ¡Cómo puedo hacer para que Early Haskew se quede lejos de Perdido!

Pero Billy no tenía ningún consejo para este caso

concreto. No se le ocurrió ningún remedio, no pudo aportar ninguna solución.

Las semanas fueron pasando y finalmente llegó abril. Cada día faltaba menos para que Sister tuviera que enfrentarse al momento de la temida reaparición de su marido.

3
La botella azul de Ivey

Un día de la primera semana de abril de 1947, al despertar al alba después de otra noche agitada, Sister tuvo una inspiración repentina. Ivey Sapp era la principal responsable de su matrimonio con Early, pues le había proporcionado el hechizo que lo había cautivado; y tal vez ahora conocía algún método para hacerlo desaparecer de su vida. Sister bajó sigilosamente las escaleras y llegó abajo justo cuando Ivey y Bray entraban por la puerta trasera, procedentes de Baptist Bottom.

—Déjanos solas, Bray —dijo Sister—. Tengo que hablar con Ivey en privado.

—Sí, señora —dijo Bray, que se dio la vuelta y volvió a salir por la puerta.

Ivey, sin inmutarse ante la urgencia de Sister bajo la tenue luz de la mañana, se desabrochó el sombrero, lo dejó sobre la panera y comenzó a ponerse el delantal.

—¿De qué quiere hablar, señora Caskey?

—Protégeme —susurró Sister—. Por favor.

—¿De qué? —preguntó Ivey. Sister y Miriam

le habían comprado una cocina eléctrica, pero Ivey decía que en el horno eléctrico las galletas no salían tan bien, de modo que todas las mañanas seguía encendiendo el horno de leña en el rincón de la cocina. Ahora se concentró en esa tarea. Sister se acordó del corazón de pollo ensartado que en su día había arrojado a esas mismas llamas.

—De Early.

—Early es su marido, señora Caskey.

—No quiero que lo sea, Ivey.

Ivey sacudió la cabeza con una combinación de pena, desaprobación y confirmación, como diciendo: «¡Vaya por Dios!».

—Ayúdame —susurró Sister.

—Creo que las mujeres blancas deberían aclararse con lo que quieren —señaló Ivey.

—Ivey —imploró Sister—. ¡Quería a Early hace veinticinco años! Mamá todavía estaba viva, todo era diferente. Pero ya no lo quiero. No quiero irme con él. Quiero quedarme aquí contigo y con Miriam, eso es lo que quiero.

Ivey volvió a sacudir la cabeza y encendió el periódico arrugado que había debajo de la leña que había metido en el horno.

—No va a ser fácil deshacerse del señor Early —empezó diciendo, en tono dubitativo—. No después de lo que hicimos.

—Pero puedes hacerlo —dijo Sister muy seria—. Sé que puedes.

—Sí..., podría —admitió tímidamente Ivey.

—¿Lo harás?

—¿Y si duele? —preguntó Ivey.

—¡No me importa!

Ivey no dijo nada más y Sister, que quería una respuesta definitiva, se impacientó.

—¿Y bien? —insistió—. ¿Me vas a ayudar?

—Sí, señora.

—Tiene que ser pronto —la advirtió Sister—. Podría estar de camino ahora mismo. ¡Podría presentarse antes de que vuelva a sentarme a desayunar!

—Señora Caskey, está en medio. Si no se va de aquí y me deja trabajar tranquila, el desayuno no va a estar a tiempo en la mesa.

Sister, que conocía aquel tono de voz de su cocinera, se retiró de la cocina y volvió a su cama, aunque no para dormir. Ahora que Ivey había accedido a ayudarla, Sister empezó a preocuparse de que esta se entretuviera y que el cambio de su destino no llegara a tiempo.

Al cabo de una hora, Sister y Miriam bajaron a desayunar juntas. Cuando terminaron, Ivey metió un frasco azul con tapón de corcho en el bolsillo del vestido de Sister.

—Cuando lo vea venir, en cuanto oiga su voz, bébase esto —le indicó en voz baja.

Sister agarró la botella. El veneno solía almacenarse en frascos de cristal azul.

—¿Qué efecto tendrá?

—Bébase hasta la última gota —dijo Ivey por toda respuesta, y acto seguido se marchó.

Con el tiempo Miriam adquirió tanta confianza en su identidad y en su posición en el aserradero de los Caskey que a veces incluso se permitía a sí misma conversar con su madre. Al fin y al cabo, Miriam conversaba con su padre cuatro o cinco veces al día; ignorar por completo a su madre no parecía aceptable. Además, había pasado ya más de un cuarto de siglo desde que Elinor había hecho lo imperdonable: regalar a Miriam a cambio de librarse de Mary-Love. Tras aceptar que Miriam y su madre nunca iban a estar unidas, los vecinos de Perdido veían ahora en la discreta reconciliación entre ambas algo parecido al afecto entre un perro y un gato: un objeto de curiosidad, de sentimentalismo y de fascinación. Al fin y al cabo, uno nunca sabía en qué momento el gato podía sacarle un ojo al perro, o en qué momento el perro podía partir al gato entre sus feroces mandíbulas.

Pero Miriam y Elinor tenían una afinidad y un interés compartidos que justificaban una serie de pequeñas reuniones privadas. Dicho interés compartido era el dinero, el deseo de que los Caskey fueran aún más ricos de lo que ya eran. Miriam nunca habría tolerado que su madre le dijera cómo debía vestirse, tratar a los chicos o comportarse con Sister o Queenie, pero en cambio aguzaba los oídos con interés cada vez que Elinor le hablaba de las finanzas de los Caskey. A veces, para sorpresa de todos, Elinor y Miriam se reunían en el patio y se mecían lánguidamente en uno de los columpios que colgaban entre dos de los robles acuáticos de Elinor. Miriam se sentaba encima de sus propias piernas dobladas mientras Elinor impulsaba el columpio con un pie, y las dos mujeres se sumían en una conversación cuyo contenido nunca revelaban.

Cuando Oscar las llamaba para cenar, madre e hija entraban en la casa por separado, como si quisieran negar lo que todos habían visto. Y si Oscar, con un susurro, se aventuraba a decirle a su hija: «Me alegro mucho de que tú y Elinor empecéis a llevaros bien», esta se limitaba a responderle: «Es menos problemático hablar que no hablar, Oscar. Eso es todo».

Un sábado por la tarde, a principios de abril, Miriam y Elinor estaban sentadas en el columpio, conversando tranquilamente, cuando esta dijo de pronto:

—Déjame que te pregunte, Miriam...

—¿Qué? —la interrumpió Miriam en tono agresivo, como si temiera que su madre fuera a abrir un tema de discusión inapropiado.

Elinor hizo una breve pausa y acto seguido formuló una pregunta que, desde luego, no se parecía a nada de lo que Miriam esperaba:

—¿Cómo de bien conoces la granja de Grace y Lucille?

Miriam miró a su madre con recelo. Aún no se

había acostumbrado a que estuvieran a solas y sospechaba que Elinor acabaría aprovechando uno de esos momentos de armonía para aprovecharse de ella, de modo que se puso de inmediato a la defensiva, tratando de averiguar qué estaría tramando con aquella pregunta aparentemente inocente. Pero al final decidió tomársela al pie de la letra y responder con total sinceridad.

—Sé cómo llegar hasta allí —dijo Miriam, midiendo sus palabras—. Y he visto mapas de la zona. Conozco la casa. He visto los árboles frutales y una vez Grace me llevó a la pocilga para enseñarme una cerda por la que había pagado ochocientos dólares. Otro día visité a Luvadia en la casita que Escue le construyó al otro lado del estanque, junto al cementerio.

—¿Y qué me dices del pantano que hay al sur de la propiedad?

—Bueno —dijo Miriam, resoplando con cara de disgusto—. Sé que la animaste a comprarlo y que lo compró. También lo he visto en un mapa y es enorme, cuatro veces más grande que la propia granja. Sé lo que pagó por él y sé que fue el mayor despilfarro de dinero desde...

—No fue ningún despilfarro —dijo Elinor en voz baja.

—¡No puede cultivar nada! —exclamó Miriam—. No puede talar los árboles porque no hay caminos, y la mayor parte de los terrenos no son más que pantanos y arenas movedizas. Tampoco puede vender licencias de caza o pesca. ¿Tú sabías que en ese pantano todavía hay grandes felinos? Grandes felinos y caimanes. O sea que ya me dirás cómo no fue un desperdicio de dinero...

—Miriam, esto es entre tú y yo, ¿me oyes? —preguntó su madre.

Miriam no respondió. La idea de una confidencia entre Elinor y ella no le resultaba nada atractiva.

—¿Miriam? —insistió Elinor al cabo de un rato.

—No me gusta hacer promesas de ese tipo.

—No quiero ninguna promesa —dijo Elinor—. Solo te pido que no digas nada de lo que te voy a contar hasta que llegue el momento apropiado.

—Bueno, ¿de qué se trata?

—Esas tierras parecen no tener valor, ya lo sé. No tienen valor sobre el mapa y tampoco se lo verías si bajaras remando por el Perdido y las vieras desde el río, o si alguien fuera lo bastante insensato como para andar por ahí. Todo eso ya lo sé. De hecho, ese fue el motivo por el que Grace las consiguió tan baratas.

—No hay tierras «baratas» cuando se compran tantas... —señaló Miriam—. Grace se gastó casi todo lo que le dejó James y ya no le queda nada.

—Grace no compró esas tierras ella sola —dijo Elinor. Miriam ahogó un grito: aquello sí que era una noticia—. Oscar y yo pusimos la mayor parte del dinero para la propiedad —añadió Elinor, imperturbable.

—¿Por qué? —preguntó Miriam, atónita.

—Porque debajo de ese pantano —respondió Elinor en el mismo tono de voz— no hay más que petróleo. Petróleo, petróleo y más petróleo.

Al día siguiente, Elinor y Miriam fueron a la granja de Gavin Pond. Llamaron a la puerta de Grace y Lucille, pero, al ver que no les abrían, Miriam se asomó al lado de la casa.

—¡Están ahí! —exclamó—. ¡En el pasto!

El sol brillaba con fuerza en un cielo cerúleo y sin nubes. Los nogales pecanos lucían sus hojas primaverales más brillantes, frondosas y exuberantes, libres aún del polvo del verano y de los ataques de las orugas. Debajo de los árboles, el pasto estaba inundado de tréboles rojos en flor. Lucille estaba sentada en medio de las arrebatadoras flores rojas, mientras Tommy Lee, de tres años, y Sammy Sapp, de dos, jugueteaban a su lado. Grace estaba unos metros más allá, tomando fotografías. La escena ofrecía una paleta de colores infantiles: el cielo azul en lo alto, los pecanos verdes en el centro y los tréboles rojos abajo. Cuando soplaba el viento, era como si la tierra estuviera cubierta por un manto de llamas.

Lucille saludó a Elinor y a Miriam al verlas.

Madre e hija se adentraron en el pasto. Miriam se dejó fotografiar con el brazo de su madre alrededor de la cintura; Miriam cogió a Sammy en brazos y Elinor cogió a Tommy Lee mientras Grace les sacaba otra foto. Entonces Elinor tomó una fotografía de Lucille, Grace y Miriam sentadas juntas sobre el manto de tréboles.

Cuando se metieron en la casa, Miriam le dijo a Grace:

—¿Tienes esos mapas del terreno que compraste?

—Por supuesto —respondió esta.

—¿Podemos echarles un vistazo Elinor y yo?

Desconcertada, Grace dijo que sí. Extendieron los mapas sobre la mesa del comedor, y desde la cocina, donde preparaban té helado, Grace y Lucille oyeron a Elinor y Miriam hablar en voz baja. Lucille se asomó un instante por la puerta y volvió junto a Grace.

—Están señalando cosas en el mapa —le susurró.

—¿Qué demonios estáis mirando en ese mapa? —preguntó Grace, que entró en el comedor con una bandeja de vasos.

Miriam y Elinor levantaron la vista al unísono y esbozaron sendas sonrisas inocentes.

—Nada... —dijeron.

Durante el viaje de vuelta a Perdido, mientras el deslumbrante sol de la tarde les cegaba la vista, Miriam le preguntó a su madre:

—¿Cómo sabes lo del petróleo?

—Es un secreto que tengo con otra persona —dijo Elinor.

—¿Y qué dice Oscar?

—Todavía no se lo he contado —respondió Elinor—. Sigue creyendo que fue una tontería poner dinero por esas tierras.

Aquello sorprendió a Miriam más aún que todo lo que había oído hasta entonces.

—¿Quieres decir que me lo has contado a mí, pero no a Oscar?

Elinor asintió con la cabeza.

—Pero ¿por qué?

—Porque Oscar lo sabe todo sobre árboles —respondió Elinor—, pero no sabe gran cosa sobre nada más.

—Yo tampoco sé nada sobre petróleo —señaló Miriam.

—Pero sabes cómo hacer dinero para la familia —dijo Elinor—, por eso he acudido a ti. Si acudiera a Oscar, me diría: «Elinor, ya tenemos bastante dinero y, además, no sé nada sobre petróleo». Tú, en cambio, vas a buscar la forma de hacer dinero con ello. Mucho dinero.

Mientras atravesaban la ciudad de Babylon, Miriam reflexionó sobre las palabras de su madre.

—¿Por qué debería hacerlo? —preguntó una vez de vuelta en la carretera de Perdido—. No voy a ganar nada con ello. ¿Por qué iba a tomarme la molestia? Toda esa tierra os pertenece a ti, a Oscar, a

Grace y a Lucille —añadió, aunque no lo dijo con hostilidad: era una simple constatación.

—No —respondió Elinor—. Grace y Lucille son dueñas de una cuarta parte, Oscar y yo tenemos otro cuarto, les dimos otro cuarto a Frances y a Billy, y...

Aquí hizo una pausa muy elocuente.

—¿Y...?

—La cuarta parte restante la pusimos a tu nombre.

—¿A mi nombre? —exclamó Miriam—. No necesito regalos vuestros —se apresuró a añadir.

—No es un regalo. Oscar cree que sí, por supuesto, pero yo me aseguré de que recibieras una parte porque sabía que, si no tenías ningún interés en ello, no harías nada.

—¡Pues claro que no habría hecho nada! —confirmó Miriam, orgullosa de su egoísmo.

—Por eso una cuarta parte de la propiedad es tuya.

—Pero, entonces, ¿por qué todo el mundo sigue hablando de estas tierras como si fueran de Grace?

—Porque son parte de la granja de Gavin Pond, eso es todo. Y porque hemos preferido mantener los detalles en secreto.

—¿Pero Grace sabe que están divididas así?

Elinor asintió con la cabeza.

—Sabe que Oscar y yo pusimos la mayor parte del dinero. Pasa como con el testamento: todos poseemos una cuarta parte del interés sobre la propiedad, Miriam. No es que seas dueña de mil quinientas hectáreas en particular, simplemente eres dueña de una cuarta parte del total y te corresponde una cuarta parte del dinero que generen los terrenos.

—¿Sabe Grace lo del petróleo?

Elinor negó con la cabeza.

—Solo tú y yo.

—¿Y qué dirá si empezamos a enviar a gente a hacer prospecciones?

—Sospecho que no le gustará ni un poquito —dijo Elinor.

—De momento será mejor no decir una palabra a nadie —dijo Miriam pensativa.

Elinor sonrió.

—Será un secreto entre tú y yo.

—Sí —dijo Miriam, no sin cierta reticencia—. Supongo que sí. Voy a tener que pensar un poco en todo esto. ¿Se lo has dicho a Billy?

—No. Solo a ti.

—Déjame hablar con Billy. ¿Te importa? Probablemente podría sernos de alguna ayuda.

—Como quieras. Pero, por favor, pídele que no le diga nada a Frances —la advirtió Elinor—. A veces Frances se va de la lengua.

—No te preocupes, Billy no dirá nada.

Las dos mujeres permanecieron en silencio durante el resto del viaje de vuelta al pueblo. Elinor conducía con los ojos entrecerrados para protegerse del sol poniente y Miriam iba enfrascada en sus propios pensamientos. Cuando Elinor detuvo el coche frente a su casa, levantó la mirada, sorprendida.

—¡Oh, ya hemos llegado! —dijo asombrada.

Elinor iba a salir del coche, pero Miriam la retuvo con una palabra.

—Esa cuarta parte —dijo—. La cuarta parte sobre el interés de las tierras que tú y Oscar pusisteis a mi nombre...

—Sí, ¿qué pasa?

—Eso fue un regalo, ¿no?

—No, en absoluto —dijo Elinor, y salió del coche.

Miriam estuvo ausente durante el resto de la velada. Se sentó distraídamente a la mesa de sus padres, después de la cena no prestó ninguna atención a la conversación en el porche de arriba y más tarde no logró conciliar el sueño pensando en el petróleo que había debajo del pantano. Cuando Sister llamó a la puerta de su habitación, tampoco la oyó. Sister volvió a llamar.

—¿Sister? —preguntó por fin Miriam en la oscuridad.

—Miriam —dijo esta, abriendo la puerta despacio. A sus espaldas, el pasillo también estaba oscuro—. Miriam, ¿te he despertado?

—No —respondió Miriam—. ¿Qué pasa?

—Quería hablar contigo. No puedo dormir.

Sister entró y se sentó a los pies de la cama de

Miriam. Aunque solo tenía cincuenta y cinco años, durante el último mes parecía haber envejecido mucho más. Llevaba el vestido arrugado y el pelo desordenado, y tenía un aire abstraído. Estaba preocupada por el regreso de Early, eso lo sabía todo el mundo.

—¿Por qué no puedes dormir? —le preguntó Miriam.

—Estoy preocupada por Early.

—Yo creía que a estas alturas ya estaría aquí —comentó Miriam—. Estamos ya en la segunda semana de abril...

—¡No digas eso! —exclamó Sister—. Apenas puedo comer pensando qué voy a hacer cuando vuelva.

—¿Qué vas a hacer? —preguntó Miriam con curiosidad.

—¡No lo sé! —se lamentó Sister. La oscuridad parecía incrementar su angustia—. ¡No sé qué hacer! ¡Me dan ganas de salir corriendo!

—Pues más te vale salir pronto —dijo Miriam, como si fuera tan fácil.

—¿Y adónde iba a ir?

—¿Adónde te gustaría ir?

—¡No quiero ir a ninguna parte! No conozco otro lugar que no sea Perdido.

—Has estado en muchos lugares, Sister.

—Pero tengo la sensación de no haber ido a ningún sitio en diez años.

—Sister —dijo Miriam con cierta impaciencia—, si no quieres vivir con Early, no tienes por qué hacerlo. No sé a qué viene tanto aspaviento. Cuando aparezca, dile que se largue y listo.

—¡Es que no quiero ni verlo!

—Pues vete. Y dejemos de darle vueltas al asunto.

Con un gesto rápido, Sister agarró los tobillos de Miriam por debajo de la colcha.

—¡Hazte cargo tú de Early!

—No —dijo Miriam—. Early no es mi marido. Todo esto no es de mi incumbencia.

—¿Vas a dejar que entre aquí y me lleve con él? —preguntó Sister, ofendida ante la indiferencia de su sobrina.

—No te va a llevar con él a menos que tú accedas. Además, ¿cómo sabes que todavía te quiere? A lo mejor vuelve solo para pedirte el divorcio...

—¡Que no, que no! Sé que no es así; me dijo que quiere comprarle unos perros de caza a Creola Sapp. ¡Si eso no es volver a empezar un matrimonio, ya me dirás tú qué es! ¡Me necesita para que le cuide a sus malditos perros!

—Sister, me estás cortando la circulación —dijo Miriam. Su tía le soltó los tobillos y Miriam se frotó los pies contra las sábanas para recuperar la sensibilidad—. Ahora escúchame, vas a tener que enfrentarte a Early, vas a tener que...

Pero Miriam no llegó a darle más consejos, porque en ese momento las dos mujeres oyeron un coche acercándose a la casa.

—¿Quién diablos...? —dijo Sister, pero de repente recordó a quién esperaba y se detuvo, horrorizada. Se levantó de la cama temblando y se acercó despacio a la ventana. Miriam se levantó también y la siguió.

—¿Reconoces el coche? —preguntó Miriam—. ¿Quién vendrá a estas horas?

Sister negó con la cabeza, mirando a través de la mosquitera.

—¡No enciendas la luz! —gritó. Miriam había cruzado la habitación y buscaba a tientas el interruptor junto a la puerta—. ¡Nos va a ver!

Miriam volvió a la ventana y justo en ese momento Sister dio un respingo.

—Es Early —susurró—. Ay, Señor. ¿Por qué no marché cuando aún estaba a tiempo?

Miriam se asomó con cautela a la ventana.

—Ha envejecido mucho —comentó.

Early Haskew cogió una pequeña bolsa del asiento trasero del coche y echó a andar por la acera hacia la casa. Enseguida lo perdieron de vista debajo del alero.

Sister iba de un lado a otro de la oscura habitación, agitada. El timbre de la puerta sonó dos veces y acto seguido oyeron la voz de Early

—¡Sister! —gritó—. ¡Soy yo!

Sister se quedó muy quieta.

—Vete —susurró—. ¡Vete!

El timbre de la puerta sonó con estridencia dentro de la casa silenciosa y oscura.

—Vamos a tener que dejarlo entrar —anunció Miriam, dirigiéndose hacia la puerta del dormitorio.

—No, no, no —suplicó Sister, agarrándola por el brazo. Miriam se soltó y salió al pasillo. Sister la siguió, suplicando entre dientes. Miriam bajó las escaleras con determinación mientras Sister se quedaba arriba, agarrada al pilar de la barandilla.

Ya en la planta baja, Miriam encendió las luces del vestíbulo y del porche, y descorrió los visillos que cubrían la ventana de la puerta.

—¿Miriam? —dijo Early con la voz apagada—. ¿Eres tú?

—Un momento —dijo Miriam, tratando de mover el pestillo. Finalmente logró desbloquear la puerta principal, luego la mosquitera y abrió a Early.

—Hola, Miriam —dijo.

—Hola, Early —respondió Miriam—. Llevábamos días esperándote.

—¿Dónde está Sister?

—Arriba.

—Early...

La voz de Sister sonó como un susurro ahogado desde lo alto de la escalera, en la entrada del pasillo oscuro. Sister estaba tan nerviosa que se había dejado el frasco azul con tapón de corcho en la mesita de noche. Se dio la vuelta y cruzó el pasillo hasta su habitación, con las voces de Early y Miriam sonando en el piso de abajo. Cogió la botella, le quitó el corcho y se bebió el contenido en dos o tres traguitos.

Esperaba que fuera amargo pero el sabor resultó ser dulce y empalagoso, como jarabe de moras sin diluir.

Dejó la botella sobre la mesita de noche y se preguntó qué pasaría.

Pero todo seguía igual, no notó ninguna diferencia. Seguía oyendo la voz de Early abajo junto con la de Miriam.

Ivey estaba envejeciendo; Ivey estaba perdiendo facultades. El jarabe había sido un simple placebo para echar a Sister de la cocina de Ivey.

Desesperada, Sister salió de la habitación oscura arrastrando los pies y fue a encontrarse con su destino, personificado en Early Haskew.

Llegó a lo alto de la escalera y miró hacia la oscuridad de abajo. «¿Por qué Miriam no ha encendido ninguna luz?», se preguntó.

—¿Sister? —dijo Early—. Siento presentarme así...

Sister empezó a bajar las escaleras en la oscuridad, pero al poner el pie en el primer escalón se dio cuenta de repente de que no veía nada en absoluto. No era que la casa estuviera a oscuras, sino que ella estaba ciega; eso era lo que había querido decir Ivey con lo de que le iba a doler. ¡Ciega! ¿Cómo se había atrevido Ivey a...? Sister, que estaba ya casi en un estado de pánico, abrió la boca y soltó un grito mudo. Intentó darse la vuelta, tal vez con la idea de volver a refugiarse en su habitación, pero se le enredaron las piernas y perdió el equilibrio. Cayó desde lo alto de las escaleras hasta abajo en medio de una confusión de ropa de dormir, pelo alborotado y agitar de extremidades. Antes de que Miriam pudiera siquiera moverse, Sister Haskew yacía rota y descompuesta a los pies de su marido recién llegado.

4

La promesa de Early

Early y Miriam levantaron del suelo el cuerpo inconsciente de Sister y la acostaron en el sofá de crin de caballo del salón delantero. Mientras Early permanecía impotente junto a su esposa, a quien no veía desde el apogeo de la guerra, hacía ya cuatro años, Miriam llamó por teléfono a Leo Benquith, a Elinor y a Queenie. Queenie se puso histérica, Elinor la calmó y Leo Benquith examinó brevemente a Sister. Entonces llamó a una ambulancia y esa misma noche la trasladaron al Hospital del Sagrado Corazón de Pensacola.

Se había roto tres costillas y la pierna izquierda con la caída. También se había dado un cabezazo considerable, pero despertó durante el trayecto a Pensacola. Miriam y Elinor iban en un coche detrás de la ambulancia, y Early los seguía en su propio coche. No les permitieron visitar a Sister hasta bien entrada la mañana siguiente. Tenía una aparatosa venda en el pecho y la pierna izquierda levantada en una postura grotesca, pero aun así la encontraron en un estado extrañamente jovial.

—¡Ven aquí y dame un beso, Miriam! —exclamó—. ¡Y dime que me perdonas!

Miriam se inclinó sobre la almohada y le dio un beso en la mejilla.

—Te perdono. Aunque ¿por qué te tengo que perdonar?

—Por ser tan torpe —dijo Sister con una risa tonta—. Por caerme por las escaleras.

—No fue tu culpa —dijo Elinor—. Estaba oscuro y...

—¡Sí lo fue! —exclamó Sister—. ¡No veía nada de nada! ¡Estaba ciega! —añadió, riéndose—. Pero ahora vuelvo a ver, veo sin problemas.

—Estabas medio dormida —siguió diciendo Elinor—. Y emocionada por volver a ver a Early.

Al oír su nombre, Early se acercó a los pies de la cama y saludó tímidamente a su mujer con el sombrero entre las manos.

—Hola, Early —dijo Sister—. ¿Cómo estás?

—Bien, Sister, muy bien.

—Elinor, Miriam —susurró Sister—. Salid un momento y dejadme hablar con Early a solas.

Elinor y Miriam intercambiaron una mirada. Aquella petición encajaba tan poco con la actitud de Sister para con su marido antes del accidente que no sabían cómo tomárselo, pero ambas asintieron con la cabeza dirigiéndose a Early y salieron de la habitación.

—Sister —dijo Early, acercándose a la cabecera de la cama—, sé que debe de dolerte mucho...

—Sí, tengo un dolor terrible —exclamó Sister—. No te imaginas cuánto me duele, Early. Siento mucho que esto haya sucedido justo cuando acabas de volver de dondequiera que estuvieras.

—Guildford. Es una ciudad de Inglaterra. Estaba trabajando en un puente.

—Caramba, tú sí que has visto mundo. ¿Y estás a punto de marcharte de nuevo?

—No, no. Se me ocurrió que volvería a Perdido a buscarte y que nos iríamos a algún sitio y empezaríamos otra vez a criar perros. Sister, no te puedes imaginar lo que es ir por la vida sin un perro. Me he sentido tan solo, construyendo puentes y diques y Dios sabe cuántas cosas más. Pero uno no puede arrastrar un perro por toda Europa, no lo permiten.

—Bueno, Early —dijo Sister—. Pues yo estoy en cama, ya ves.

—Sí, ya veo —dijo Early, y soltó un silbido.

—¿Tú crees que estoy como para dedicarme a alimentar cachorros con biberón?

—A lo mejor si alguien te los trajera...

—No puedes traer cachorros al hospital, Early. Nada de perros por ahora. Y nada de perros en mucho tiempo.

—¿Cuándo creen que tardarás en ponerte bien?

Sister dudó un instante.

—No lo saben. No tienen ni idea.

—Esos vendajes parecen muy apretados. ¿Puedes respirar?

—Me duele cuando respiro —admitió Sister, inspirando trabajosamente dos o tres veces, aunque al cabo de un rato parecía haberse recuperado—. Mira, Early, he estado pensando y tengo la sensación de que para ti no va a ser nada divertido quedarte en Perdido mientras yo estoy aquí recuperándome; no va a ser nada divertido tener que desvivirte por mí.

—¿Y qué pasa con Ivey?

—Ivey sigue ahí, pero tiene que mantener la casa en marcha. No va a tener tiempo para mí.

—¿Y Miriam?

—Ay, Early, tú no sabes lo duro que trabaja Miriam en el aserradero. Nunca has visto a nadie trabajar más duro. Además, no quieres pedirle a Miriam que baje a la cocina y te prepare una taza de café, créeme.

—Supongo que no —admitió Early—. ¿Y por qué no contratas a una enfermera?

—Voy a tener que hacerlo —dijo Sister con entusiasmo—. Es justo lo que estaba pensando. Les pediré a los del hospital que me recomienden a alguien. Instalaré a la enfermera en el dormitorio de invitados y así podrá cuidarme todo el día. Pero entonces, con una enfermera en el cuarto de invitados, no habrá sitio para ti, Early.

—¡Yo dormiré contigo! —exclamó Early, sorprendido—. ¿Dónde voy a dormir, si no?

Sister soltó una risa nerviosa.

—¡Menuda lumbrera estás hecho! ¿Qué quieres, rodar encima de mí y romperme todos los huesos otra vez? Early, ¿tú has visto lo que has engordado en tres años? ¡Eres más grande que una casa!

—Antes lo quemaba —comentó Early en voz baja—. Ahora, en cambio, se queda todo ahí. Pero podrías darme un puñetazo en la barriga y ni siquiera lo sentiría, Sister.

—No puedo ni levantar los brazos, Early. No, lo que estaba pensando es: ¿por qué no te vas otra vez por un tiempo? Consigue un trabajo en algún lugar, por una temporada; búscate un río y construye un puente, y cuando vuelva a estar bien, te llamo. Entonces puedes venir a recogerme.

—Me parece una idea pésima —dijo Early—. ¿Qué pensaría la gente si saliera corriendo y te dejara en estas condiciones?

—¡Pero, por Dios, Early! En Perdido ni siquiera se acuerdan de quién eres. Además, ¿qué más te da a ti lo que piensen?

Early se encogió de hombros. Se había sentado, corpulento como era, en una sillita de madera junto a la cama. En cuanto empezó a asimilar la esencia de las palabras de Sister, comprendió que esta quería que se fuera. Lo estaba echando cuando no hacía ni doce horas que había llegado. Se le aflojó la papada y en sus ojos apareció una mirada que a Sister le hizo pensar en aquellos cachorros que tanto quería. Pero incluso al ver que Early había empezado a entender lo que le estaba pasando, Sister se esforzó por mantenerse firme.

Y entonces hizo algo que nunca habría creído tener el valor de hacer: expresó la verdad, sin adornos.

—Early —dijo—, tú y yo ya no estamos casados.

Este le dirigió una mirada de desconcierto.

—¿Te has divorciado o algo así?

Sister sacudió la cabeza con tristeza.

—Nunca debí casarme contigo. Fue todo culpa mía.

—Pero, Sister —protestó Early débilmente—, yo te quiero...

—Soy una solterona —respondió Sister—. Lo sabe todo el mundo. Ya era una solterona cuando tenía doce años y negué mi propia naturaleza al casarme contigo. Pero entonces te fuiste a tu trabajo bélico y, en cuanto saliste por la puerta, volví a convertirme en una solterona... Lo mío es ser una solterona.

—Sister, no tengo ni idea de qué estás diciendo.

—Da igual, Early. Solo quiero que te vayas.

Una enfermera entró en la habitación, sonrió y examinó los vendajes y el aparato de tracción mientras murmuraba en voz baja. Early se quedó muy quieto, mirando por la ventana, más allá de la cama. En esos momentos de silencio, el buen humor de Sister se evaporó por completo; carecía de la energía necesaria para mantenerlo indefinidamente en presencia de Early. Asimismo, la solícita preocupación de Early por las heridas y las molestias de su esposa quedó anegada por su constatación de que esta quería librarse de él para siempre. Cuando la enfermera se fue, Early se levantó, miró a Sister y dijo:

—Seguimos casados. Y vamos a estar casados para siempre. Eres mi esposa y nada podrá cambiar eso. Ahora me voy a ir. Me iré a construir un puente o algo así, pero en cuanto te dejen salir de esa cama, volveré a buscarte. ¿Me has entendido? Volveré a buscarte y te llevaré lejos de aquí. Puedo hacerlo, Sister, porque estamos casados y soy tu marido, o sea que recupérate y haz las maletas, porque pienso llevarte por todo este país y por Europa también. ¿Entendido?

Sister no respondió. Apartó la cabeza sobre la almohada, lejos de su marido. Early salió de la habitación y, con un gesto con la cabeza, indicó a Elinor y Miriam que podían volver a entrar.

Sister se quedó ingresada en el hospital de Pensacola y determinó que Miriam era la única que podía ir a visitarla. Con una diligencia fruto del afecto que sorprendió a todos, cada noche al terminar su trabajo en el aserradero Miriam conducía hasta Pensacola y pasaba la noche allí, en un catre instalado junto a la cama de Sister. A primera hora de la mañana siguiente volvía a Perdido para desayunar con Elinor y Oscar. Nunca se quejó de aquel régimen, ni tampoco se apartó de él. Sister estaba malhumorada, anunció Miriam; nunca había sido tan infeliz. Y no se estaba recuperando tan rápido como los médicos creían que debía hacerlo.

Oscar meneó la cabeza y dobló cuidadosamente la servilleta.

—¡Pobre Sister!

—Es que no quiere recuperarse —explicó Miriam.

—¿Y por qué no? —preguntó Frances.

—Porque en cuanto se recupere, Early Haskew volverá a Perdido y se la llevará —explicó Miriam.

—¡Por Dios! —exclamó Elinor—. No puede llevársela a menos que ella quiera irse.

—No le comentéis a Sister nada sobre todo esto —dijo Miriam, encogiéndose de hombros—. Y que nadie mencione que he dicho ni una palabra al respecto.

Al cabo de tres semanas dieron de alta a Sister del hospital. Según las radiografías estaba tan bien como cabía esperar, aunque seguía quejándose de dolor, dificultades a la hora de respirar y falta de sensibilidad en la pierna izquierda. El hospital se ofreció a recomendarle una enfermera, pero Sister dijo:

—No hace falta, mi familia se ocupará de mí. Y si no lo hacen, tampoco tardaré mucho en morirme.

La trasladaron en ambulancia a casa, donde (bajo la supervisión de Leo Benquith) Grace y Ivey la llevaron arriba y la acostaron en la cama. Leo la examinó una vez más, dictaminó que se levantaría al cabo de un mes y se fue.

—No sabe de qué habla —dijo Sister—. Tardará seis meses en volver a caminar, lo sé. Ivey, tráeme una taza de café, ¿quieres? No sabes cuánto he echado de menos tu cocina. Grace, ve a la casa de al lado y dile a Queenie que venga a hacerme compañía. No tiene nada más que hacer en todo el día, aquí por lo menos será útil.

A Grace le hizo gracia: aquella era una nueva Sister. Nunca la había visto tan contundente, tan imperiosa, tan apremiante. Ahí estaba, en su cama, con dos colchones y tres almohadas extra, dando órdenes y organizando al personal con la misma facilidad con la que solía hacerlo Mary-Love tantos años antes.

Llevaron a Queenie hasta la cama de Sister.

—Cómo me alegro de que... —empezó a decir, pero se vio interrumpida por Sister, que dijo en tono impaciente:

—Ven aquí y recolócame las almohadas. Me estoy resbalando.

Con gesto enérgico, Queenie metió el brazo por detrás de la espalda de la inválida, la incorporó y reacomodó las almohadas. Entonces volvió a colocar a Sister, que suspiró.

—Ah, qué bien —dijo.

—Me encargué de mi padre cuando estuvo en cama —explicó Queenie—. Sé todo lo que hay que saber sobre el cuidado de enfermos.

—¡No estoy enferma! —exclamó Sister—. ¡Solo estoy lisiada!

Se produjeron una serie de cambios que nadie podría haber predicho. Sister regresó de Pensacola como inválida y con el carácter alterado junto con su cuerpo. Unos días más tarde, Oscar fue a ver a Miriam.

—Has estado allí con ella todas las noches —le dijo—. ¿Has notado algún cambio?

Miriam negó con la cabeza.

—No lo entiendo —dijo.

Nadie podía explicárselo, pero los cambios eran evidentes. Sister, que durante toda su vida había tenido por costumbre anticiparse siempre a los deseos de los demás, ahora parecía no pensar más que en su propia conveniencia. Era el eje de su hogar. Ivey Sapp no hacía otra cosa que atenderla; le llevaba tazas y más tazas de café y platos de galletas (lo único que le apetecía comer durante el día), y una bandeja con una cena preparada especialmente para ella por la noche. Y lo más extraño de todo era que la única asistencia que Sister toleraba era la de Queenie, que se sentaba junto a ella una hora por la mañana, dos o tres horas por la tarde, y un par de horas más por la noche. Queenie era la única que sabía disponer las almohadas tal como Sister quería; esta no se tomaba la medicina a menos que fuera Queenie quien sostuviera la cuchara; si Queenie no colocaba las cortinas, en la habitación se levantaban corrientes de aire o bien reinaba un ambiente sofocante; y Sister era incapaz de comerse los platos de Ivey a menos que Queenie estuviera allí para mirarla comer.

Elinor sacudió la cabeza y le dijo a Queenie:

—Sister está peor aún que Mary-Love en su día. No te culparía si te mudaras, aunque solo fuera para tener un poco de paz.

—No me importa —respondió Queenie—. Así tengo algo que hacer ahora que James ha muerto. Y siento que me estoy ganando el sustento.

5

El pantano

La relación entre Elinor Caskey y su hija Miriam era menos tensa que nunca: daba la impresión de que ya no tenían nada que demostrarse la una a la otra. Miriam nunca había mostrado mucho afecto hacia su madre, pero por lo menos tampoco había exhibido ningún tipo de resentimiento. Y las únicas palabras de Elinor contra su hija tenían que ver con su vestuario, que Elinor consideraba demasiado informal para una joven de su posición en el pueblo.

Un sábado de principios de junio por la mañana, justo después de desayunar, Elinor llamó a la puerta de la casa de Miriam y gritó su nombre.

Miriam se acercó a la puerta, pero no la abrió.

—¿Vienes a ver a Sister? —preguntó.

—No, vengo a verte a ti —respondió Elinor.

Miriam salió al porche con cierto recelo.

—He venido a preguntarte si quieres acompañarme a dar un pequeño paseo esta mañana.

—¿Adónde?

—Ya lo verás.

Miriam se negó a darle a su madre la satisfacción de hacerle más preguntas.

—De acuerdo, vamos —dijo, y bajó los escalones de la entrada.

Madre e hija se subieron al coche de Elinor y salieron del pueblo rumbo al sur por una carretera poco frecuentada que recorría la orilla oeste del Perdido. Al cabo de unos quince kilómetros, la carretera desaparecía por completo, y Elinor se metió por una pista forestal llena de baches. Pasaron por delante de un rodal donde hacía poco habían estado talando árboles.

—Estas tierras son nuestras —comentó Miriam—. Oscar estuvo aquí el jueves, creo.

Elinor continuó sin decir nada durante un par de kilómetros más, hasta que de pronto desapareció incluso la pista forestal. Se encontraban en las profundidades del bosque. Miriam miró a su alrededor, tratando de disimular su curiosidad y asombro, y no dijo nada.

—Sal —le dijo Elinor.

—Estamos en medio de la nada —dijo Miriam, aunque no en tono de protesta, y salió del coche.

Elinor ya se había adentrado en el bosque, en dirección al este. Hacía tan solo un momento, un turbio sol brillaba a través de la bruma, pero en medio del bosque el alto dosel de ramas de pino apenas permitía que su luz llegara al suelo cubierto de agujas.

—Debería haberme puesto manga larga —murmuró Miriam, siguiendo a Elinor y aplastando los hambrientos mosquitos que se le posaban una y otra vez en los brazos.

Hacía poco que habían quemado la maleza baja para preparar la tala, por lo que resultaba relativamente fácil avanzar, pero con cada paso se levantaba un hedor a vegetación carbonizada. No habían recorrido ni medio kilómetro cuando Miriam vislumbró agua en movimiento.

—Eso es el Perdido —dijo. Elinor, unos pasos por delante, asintió—. Si querías enseñarme el Perdido, podrías haberme llevado a lo alto del dique —comentó Miriam.

Elinor no respondió.

Se detuvo en una pedregosa franja de arena roja de varios metros de ancho que se había formado hacía poco, cuando el río había alterado ligeramente su curso. La pequeña playa solitaria estaba llena de palos, ramas con penachos de aguja de pino y algunos cadáveres de aves y roedores. Alguien había arrastrado un bote verde hasta la orilla, fuera del alcance de la corriente.

El Perdido, que en aquel punto tendría unos treinta metros de ancho, fluía a gran velocidad. El bosque de pinos se extendía de forma ininterrumpida por la orilla oeste del río, donde se encontraban Elinor y Miriam, hasta donde alcanzaba la vista, tanto río abajo como río arriba. Pero la topografía cambiaba en la orilla opuesta.

—Ahhh —dijo Miriam, comprendiendo por fin por qué estaban allí—. Eso es el pantano.

—Sí —dijo Elinor, que bajó a la playa roja y pedregosa y se dirigió hacia el bote.

Al otro lado del río no había una orilla propiamente dicha, sino una sucesión de terraplenes cubiertos de hierba alta, cipreses y palmito, sobre los cuales se movían lentamente densas nubes de insectos. En la orilla adyacente al pantano el agua del Perdido apenas parecía fluir, y su habitual rojo intenso adquiría una tonalidad negra que casi no reflejaba la luz.

—¿Tienes intención de llevarme al otro lado? —preguntó Miriam con inquietud, mientras su madre arrastraba sin esfuerzo el bote hacia el agua.

—Este pantano nos va a hacer a todos muy, muy ricos, Miriam. Tú lo sabes y yo lo sé, pero esta mañana, mientras desayunábamos, me he dado cuenta de que no lo has visto nunca.

—Pues no, y no estoy segura de querer verlo.

—¿Por qué no? —preguntó Elinor. Había empujado la barca hasta el agua y solo su pie, colocado sobre la proa, impedía que la corriente arrastrara la pequeña embarcación hacia el golfo de México.

—¡Elinor, mira esos bichos! ¡Nos van a devorar!

—Son ciegos —repuso Elinor.

—¿Qué? —preguntó Miriam, que dio un paso adelante y, a pesar de sus reservas, subió con cautela al bote.

—Pásame el remo —dijo Elinor. Miriam, obediente, hizo lo que su madre le decía, y esta siguió explicando—. Son mosquitos, pero son ciegos. No pican.

—Creo que eso te lo estás inventando —dijo Miriam con sorna.

Elinor se sentó en la barca, y al momento la corriente las arrastró varios metros río abajo. Detrás de los diques del pueblo el Perdido era rápido e impetuoso, pero no tanto como allí, pensó Miriam con incomodidad.

Pero tan pronto como Elinor metió el remo en el agua, el bote dejó de desplazarse río abajo. La proa viró con facilidad y, sin hacer ningún esfuerzo aparente con los brazos, Elinor dirigió la embarcación hacia la orilla opuesta.

Estaban cada vez más cerca de los terraplenes y las nubes de insectos. Miriam se encogió, pero no dijo nada. El agua roja del Perdido terminaba en una línea que parecía anormalmente abrupta y de repente el agua negra y fétida del pantano rodeó la barca.

—¡Por Dios, qué peste! —exclamó Miriam.

—Huele como cualquier otro pantano —dijo Elinor.

A Miriam le pareció que su madre guiaba el bote contra la orilla cubierta de hierba y se agarró a los lados de la barca, preparada para una sacudida. Pero no hubo ninguna sacudida: la hierba alta se separó ante ellas, con sus tallos afilados, sus flores secas y plumosas y sus ásperas espigas, cuyos filos cortaron los brazos y la cara de Miriam. Una nube de insectos descendió sobre la barca y la rodeó como una plaga egipcia. Miriam gritó y los mosquitos le llenaron la boca y las fosas nasales. Agitó los brazos como loca, sacudió la cabeza y se escondió en el fondo de la barca para huir del enjambre y sus zumbidos. Al momento la nube se levantó.

Miriam miró hacia arriba y a su alrededor, sorprendida.

Elinor siguió remando sin inmutarse.

—Solo están en el límite del pantano —dijo—. Ahora ten cuidado con los que sí pican.

Miriam dio una palmada en la muñeca y aplastó uno que acababa de picarle.

—Detesto todo esto —dijo.

—Ya lo sabía —respondió su madre—, pero aun así me ha parecido que tenías que verlo.

Miriam asintió y miró a su alrededor, todavía incómoda, pero con interés. Se había formado una imagen mental del pantano que había al sur de la granja de Gavin Pond a partir de lo que sabía sobre el pantano de cipreses que había entre Perdido y Atmore. Pero, en realidad, este pantano no tenía nada que ver con aquel: este lugar era inmenso, lleno de vías de agua obstruidas, terraplenes cubiertos de vegetación y lo que parecían continentes enteros de troncos de árboles podridos y cubiertos de musgo. Había pájaros que chillaban por todas partes y animalitos que se escabullían sigilosamente. Todo apestaba, todo estaba medio podrido. Los parásitos se descomponían encima de otros parásitos, no había nada que no estuviera corrompido por la podredumbre. Con Elinor a los remos, se adentraban con rapidez en el pantano. Miriam mataba mosquitos con gesto mecánico mientras observaba todo lo que la rodeaba.

—No entiendo cómo puedes orientarte en medio de todo esto, Elinor —dijo—. Casi parece que estuvieras mirando un mapa de carreteras.

Elinor se limitó a reírse.

—No sé dónde estoy —confesó.

—Pero ¿sabrás sacarnos de aquí? —preguntó Miriam, repentinamente alarmada.

Elinor se limitó a asentir con la cabeza, levantó el remo con suavidad y apartó un caimán que se había asomado a la superficie del agua turbia, junto a la barca.

Al cabo de media hora, Elinor trabó el remo entre las raíces expuestas de un ciprés derribado y acercó la barca a un terraplén en descomposición que a Miriam le pareció exactamente igual a un sinfín de terraplenes idénticos que habían dejado atrás. Las orquídeas crecían en la horcadura del ciprés derribado y las serpientes se deslizaban por un agujero que había justo debajo.

—Baja —indicó Elinor.

—¿No es peligroso?

—No toques nada, eso es todo.

Elinor mantuvo el bote inmóvil mientras Miriam desembarcaba con cautela en el terraplén. El suelo bajo la hierba podrida era viscoso. Miriam resbaló y metió un pie en el agua. Sintió una inmediata sensación de escozor y al sacarlo de nuevo descubrió que tenía tres sanguijuelas pegadas al tobillo, pero antes de que tuviera siquiera ocasión de pegar un grito, Elinor se inclinó, se las arrancó y las aplastó hasta que la sangre fluyó entre sus dedos.

Miriam se estremeció ligeramente y se irguió sobre el terraplén.

—Vale —dijo—, ¿y ahora qué?

—Nada —contestó Elinor—. Solo quería enseñarte el lugar donde empezarán a perforar.

Miriam se volvió hacia su madre y acto seguido miró a su alrededor describiendo un pequeño círculo: fango, cieno y podredumbre. Lo que en su día había sido verde se estaba volviendo marrón y lo que en su día había sido marrón se estaba volviendo negro. El cielo tenía un aspecto deslavado, el sol era un disco blanquecino. El ambiente era compacto, inmóvil, pesado.

De pronto Miriam se sintió mareada y volvió a mirar a su madre. Elinor se estaba limpiando los restos de las sanguijuelas aplastadas en el costado de la barca; entonces metió la mano en el agua para deshacerse de la sangre.

La acción debería haber durado unos pocos segundos, pero para Miriam, que la observaba mareada y entumecida, aquel simple gesto de su madre pareció dilatarse durante horas. Miriam vio cómo la mano de Elinor desaparecía bajo la superficie del agua junto a la barca, vio cómo la delicada muñeca de Elinor se movía de un lado a otro y cómo la mano volvía a salir del agua.

Los chillidos de los pájaros quedaron silenciados por un nuevo sonido, una canción que Miriam no había oído nunca. No, eso no era cierto: la había oído en sueños, en veinticinco años de sueños, desde su cama de la habitación que daba al dique.

Aquella vieja canción le resonó en el cerebro y Miriam se olvidó de quién era, de dónde estaba y con quién. Cerró los ojos y escuchó la canción, la escuchó intensamente, durante lo que le parecieron tan solo unos segundos. Pero cuando volvió a abrir los ojos, el pálido sol se había desplazado visiblemente y su tenue luz se filtraba ahora a través de las ramas del ciprés que había justo encima de ella.

—Ven, baja —dijo Elinor. Su voz sonó apagada y lejana.

Miriam descendió por el costado del terraplén y se montó en el bote.

—Será mejor que volvamos —dijo Elinor—. Pronto empezarán a preguntarse dónde nos hemos metido.

Miriam no respondió y, mientras su madre guiaba hábilmente el bote de vuelta al río por una ruta diferente a la que habían tomado durante el trayecto de ida, no hizo ningún comentario ni preguntó nada. Ni siquiera se giró.

Miriam volvió a ver aquellas nubes de mosquitos ciegos que marcaban el límite del pantano. A medida que la embarcación se acercaba, los insectos volvían a descender y Miriam sintió de nuevo las afiladas briznas de hierba en los brazos. El bote se adentró en las aguas rojas del Perdido, y Miriam pensó que el río nunca había tenido un aspecto tan limpio y saludable. Pronto se hallaron de nuevo en la orilla oeste. Elinor bajó de un salto, arrastró el bote hasta la playa de gravilla y le ofreció la mano a Miriam.

Miriam negó con la cabeza y salió de la barca, con dificultad pero sin ayuda.

Volvieron al coche en silencio, Elinor caminando de nuevo unos pasos por delante de su hija.

—Pensé que ibas a marcharte y que me abandonarías en medio de ese pantano —comentó Miriam mientras subían al coche.

—No —respondió Elinor, imperturbable ante aquella afirmación—. Solo me pareció que debías verlo.

—Gracias —dijo Miriam con cierta frialdad, mientras su madre ponía el motor en marcha.

Una tarde, unas dos semanas después de la visita de Elinor y Miriam al pantano, Lucille Strickland se sorprendió al ver que el coche de Miriam se detenía ante la granja. Lucille salió a recibir a la visitante, con Tommy Lee pisándole los talones.

—¿Qué diablos estás haciendo aquí?

—Yo también me alegro de verte —repuso Miriam, cerrando de golpe la puerta del coche. Lucille se rio.

—No, quiero decir: ¿qué es lo que te ha sacado de detrás de tu querido escritorio?

—Tengo que hablar contigo y con Grace.

—Grace está donde el maíz, con Escue. Voy a ir a llamarla. Toma, llévate a Tommy Lee adentro. Hay una jarra de té helado en el refrigerador.

—¿Es dulce? —preguntó Miriam, agarrando a Tommy Lee de la mano y llevándoselo hacia los escalones del porche.

—Pues sí. Pero te prepararé una que no lo sea.

En pocos minutos, las tres mujeres estaban sentadas alrededor de la mesa del comedor, con Tommy Lee en el regazo de Grace. Después de todo el tiempo que había pasado en el campo, esta estaba muy quemada por el sol y su pelo había adquirido un tono rubio con mechas doradas. Lucille no estaba morena, pues nunca salía sin un sombrero de paja de ala ancha, pero sí tenía mejor color y estaba tan regordeta como Queenie cuando había llegado a Perdido. Tenía los brazos colorados y cubiertos de pecas, y estaba terriblemente orgullosa de sus manos callosas, pues demostraban ante su familia lo mucho que había trabajado por amor a Grace y a la granja de Gavin Pond. Encima de una silla vacía colocaron un ventilador oscilante a la máxima potencia.

Grace y Lucille miraron a Miriam con expresión expectante. Era la primera vez que Miriam iba a visitarlas una tarde entre semana. Había colocado un sujetapapeles ante ella y sacó una pluma estilográfica del bolsillo del vestido. No perdió ni un segundo y fue directamente al grano.

—Se trata del pantano del sur.

—¿Qué pasa con el pantano? —preguntó Grace con recelo.

—Lo primero es que vamos a ampliar el límite de nuestras propiedades allí —dijo Miriam—. Acabo de encontrar otra parcela a la venta junto a la que ya tenemos, de unas setecientas cincuenta hectáreas. La he comprado y necesito vuestras firmas.

—¡Miriam! ¡Lucille y yo no tenemos dinero para más tierras! Bastante justas vamos ya...

—El dinero lo ha puesto Queenie —explicó Miriam, inmutable—. Aquí está el papel del préstamo.

Les tendió un segundo papel y desenroscó el capuchón de la pluma.

—A ver, a ver —dijo Grace, lentamente—, a nadie le gustan más las propiedades que a mí, pero Miriam, ¿estás segura de que necesitamos esto? Quiero decir... es solo un pantano, ¿no? Allí solo hay mosquitos, caimanes y arenas movedizas, ¿verdad? ¿Cuánto has pagado?

—Cuarenta dólares la hectárea —le respondió Miriam.

—¡Santo Dios! —exclamó Grace, dando un respingo de sorpresa que levantó a Tommy Lee de su regazo y lo dejó caer sobre el de Lucille—. ¡Podría conseguir tierras en el Cinturón Negro por cuarenta dólares la hectárea! ¿Cómo demonios se te ha ocurrido pagar esa cantidad de dinero?

Miriam soltó un suspiró.

—Grace, firma y ya está, ¿vale? No vas a perder ni un centavo. Sabes tan bien como yo que nunca vas a tener que devolverle el dinero a Queenie. A Lucille y a ti os corresponde una cuarta parte de esa propiedad, Elinor y Oscar tienen otra cuarta parte, lo mismo que Frances y Billy y que yo. Solo tienes que firmar —repitió, ofreciéndole la pluma.

—No entiendo nada —murmuró Grace mientras firmaba ambos documentos. Lucille le devolvió a Tommy Lee y cogió la pluma.

—¿Algo más? —preguntó Grace—. Viendo la pila de papeles que traes, podemos pasarnos aquí toda la tarde...

—No, solo un documento más —dijo Miriam sacando una sola página del fondo de la pila.

Grace lo cogió y le echó un vistazo.

—No entiendo nada de lo que pone.

—Eso es porque no puedes leerlo —intervino Lucille—. Grace no puede leer sin sus gafas de leer. Y no se las pone nunca.

—En el campo veo perfectamente —dijo Grace, firmando el documento—. Espero que no nos estés engañando, Miriam.

—No te preocupes —dijo esta, y colocó la página delante de Lucille.

—¿Cómo está Frances? —preguntó esta.

—Grande como una casa —dijo Miriam.

—¿Y este papel qué es? —preguntó Grace.

—Un permiso para perforar —contestó Miriam, que volvió a guardarlo en el portapapeles.

—¿Y eso qué diablos significa? —preguntó Grace.

Miriam se levantó.

—Significa que debajo de toda esa zona pantanosa hay petróleo —dijo.

—¡Por Dios! —exclamó Lucille, que dejó a Tommy Lee en el suelo—. ¡Estás bromeando, Miriam!

—No, es la verdad. Dentro de unas semanas voy a ir a Houston a hablar con algunas personas.

—¿Me estás diciendo que acabas de hacerme firmar un papel que ni siquiera he podido leer que dice que una compañía petrolera puede traer a sus hombres, su maquinaria y no sé qué cosas más y destrozar nuestra propiedad? —preguntó Miriam—. ¿Es eso lo que acabo de firmar? ¿Dónde están mis gafas de leer?

—Así es —dijo Miriam, dirigiéndose a la puerta.

—Se van a hundir todos en las arenas movedizas —pronosticó Lucille a modo de consuelo.

—Ay, por favor, Grace —dijo Miriam, ya con la mano en el pomo de la puerta—. No te van a molestar.

—¡Pero estarán allí!

—A tres kilómetros de aquí, ni siquiera los vas a oír.

—¿Y cómo sabes que hay petróleo ahí abajo? —preguntó Lucille—. ¿Has enviado a alguien a bucear por el fondo del viejo pantano?

—Lo dice Elinor —declaró Miriam mientras salía de la casa.

Grace y Lucille se quedaron en la puerta, mirando cómo Miriam volvía a subir a su coche.

—No me traigas más papeles —gritó Grace—, porque te los voy a romper en la cara.

Miriam arrancó el coche y dio media vuelta.

—¡Lucille! —gritó por la ventanilla—. ¡Dentro de nueve meses estarás cosiendo vestidos con billetes de cien dólares!

6

Gemelos

Un día casi al mediodía, antes de que nadie llegara a casa para comer, Frances y Elinor estaban sentadas en el porche. Hacía calor y las hojas del arrurruz del dique estaban marchitas. Frances se había colocado en el borde del porche para aprovechar las escasas ráfagas de aire que soplaban en el patio. Su madre se mecía lentamente en el columpio mientras entraba el dobladillo de una falda vieja para Zaddie.

Frances estaba muy incómoda. No era una mujer de complexión grande, y su vientre de embarazada presentaba una distensión enorme. Más que nada, echaba de menos su antiguo sentido del equilibrio y la sensación de caminar erguida; ahora se movía con dificultad, cuando no con verdadero dolor.

—Mamá, yo no sabía que esto iba a ser así —suspiró—. Ahora mismo, siento que no quiero ni moverme hasta que me ponga de parto.

—Ya sé que es difícil, cariño, pero tienes que levantarte y moverte. Tienes que hacer un poco de ejercicio, por el bien de tus hijos.

—¿Hijos? —repitió Frances, alarmada.

Elinor levantó la vista: su expresión reveló que el comentario se le había escapado sin querer.

—Pues sí, gemelos —dijo tras una pausa—. Cariño, ¿por qué demonios crees que estás tan grande?

—Pero, mamá, ¿cómo lo sabes con tanta seguridad?

—Lo sé porque yo también fui hermana gemela —respondió Elinor.

—Sabía que tenías una hermana, pero nunca me habías contado que...

—Nerita y yo éramos gemelas, es cierto, pero éramos aún más diferentes que tú y Miriam.

—Muy bien, pero ¿cómo sabes que yo también voy a tener gemelos?

De momento, Elinor no respondió.

—Frances —dijo por fin en voz baja—, ven aquí y siéntate a mi lado, sobre el columpio.

Tras una serie de incómodas maniobras, Frances lo hizo. Elinor volvió a mecer el columpio con el pie, con ritmo lento pero constante. Frances fue a decir algo, pero Elinor la interrumpió.

—¡Shhh! Cierra los ojos, cariño —le dijo. Frances obedeció—. Aíslate de la luz. Aíslate del sol y del calor. Escúchame solo a mí y lo que te voy a decir, y no pienses en nada más.

Elinor habló en voz baja y suave mientras cosía

metódicamente el nuevo dobladillo de la falda que tenía sobre el regazo.

—Frances, querida, me oyes hablar contigo y escuchas mi voz. Sientes la brisa en la nuca y sabes que antes sopló sobre el Perdido, porque el aire lleva el olor del río. Hueles el agua, por eso sabes de dónde viene la brisa. Sabes qué árboles y qué ramas ha atravesado. Notas el olor de los robles acuáticos. Los robles acuáticos huelen distinto al resto de los árboles, e incluso huelen distinto los unos de los otros. Los robles acuáticos tienen nombres, como tú y yo, solo que no podemos decirlos en voz alta. Y cuando el viento sopla a través de un roble acuático, este dice su nombre. ¿Oyes los nombres?

Frances asintió lentamente.

—Mantienes los ojos cerrados y todo está negro, está negro dentro de tu cuerpo y ahí está Frances, dentro de su propio cuerpo, y ninguna luz entrará nunca, y es como estar en el fondo del río, y la luz no logra atravesar el agua turbia. Pero, fíjate, Frances... Puedes ver todo lo que hay ahí dentro. Puedes ir donde quieras en esa oscuridad, igual que podrías nadar hasta cualquier lugar del fondo del río si quisieras. Inténtalo. ¿Ves?, después de todo resulta que no estás en el fondo; puedes sumergirte todavía más, así que hazlo. Sumérgete más. Puedes ver por dónde vas aunque no haya luz. Llega hasta el fondo. ¿Ves lo fácil que es? Ay, Frances, sabes bien lo que estás buscando. Estás buscando a dos bebés, dos criaturas que son todas tuyas. Aún me acuerdo, Frances, me acuerdo de cuando bajé hasta el fondo y te vi y pensé: «Oh, qué niña tan preciosa. Voy a querer a esta niña como a nadie», ¿y sabes qué? Tenías los ojos abiertos y me miraste y abriste la boca y dijiste: «Hola, mamá», y yo dije: «Hola, pequeña», porque aún no tenías nombre. Porque aún...

Elinor enmudeció. A su lado, Frances estaba rígida, con los párpados temblorosos y la boca crispada. Elinor oyó un coche que se detenía frente a la casa y supo que era el de Oscar. Siguió hablándole a su hija, ahora con voz aún más baja, más rápida y apremiante.

—¿Lo ves, Frances? Dos bebés, tal como te dije. ¿Los ves? Están bien, los dos, así que vuelve a nadar hasta la superficie. Despídete de tus bebés, ¡no los toques! Entonces date la vuelta y vuelve a nadar hacia la superficie. Sube hasta los párpados. No te costará encontrarlos, son dos pequeñas grietas de luz solar. Nada hacia arriba. Date prisa, cariño. Cuando llegues aquí arriba, date la vuelta una vez más y siéntate despacio, vuelve a ponerte cómoda. Y ahora, Frances, abre los ojos.

En el piso de abajo, la puerta mosquitera se cerró de golpe y el pasillo se llenó con las voces del marido y la hija mayor de Elinor.

Frances tenía los ojos abiertos y estaba temblando.

—Mamá... —susurró.

—¡Shhh!

Oscar ya estaba subiendo las escaleras.

—¡Mamá! —gritó Frances con voz apremiante.

Elinor se volvió hacia su hija.

—¿Gemelos?

—Había dos —respondió Frances con tono evasivo.

—¿Dos niñas? ¿Como Nerita y yo?

—Una era una niña —dijo Frances, todavía temblando.

—¿Y el otro era un niño? —preguntó su madre.

Oscar apareció sonriendo en la puerta.

—¿Bueno, aún no ha llegado ese bebé? —dijo en tono jovial—. Frances, me muero de ganas de ver a mi primer nieto. ¡Date prisa!

—¿Y el otro era un niño? —insistió Elinor con ansiedad, hablando al oído de su hija.

—Una era una niña —repitió Frances, y se levantó torpemente del columpio.

Al mediodía, Frances permaneció en silencio durante toda la comida y, antes de que nadie terminara, se excusó y se retiró a su habitación. Billy estaba a punto de levantarse para seguirla, pero en cuanto dejó su servilleta a un lado, Elinor dijo:

—No, quédate aquí. Ya me ocupo yo de ella.

Frances estaba echada en la cama, encima de las sábanas, inmóvil y con la mirada fija en el techo. Todas las persianas de la habitación estaban cerradas y hacía un calor sofocante.

—Deja que encienda el ventilador —dijo Elinor en cuanto entró.

Entonces cruzó la habitación, se sentó en el borde de la cama y tomó la mano flácida y sudorosa de Frances entre las suyas.

—Mamá, cuando llegue el momento... —empezó a decir Frances, y ahogó un sollozo.

Elinor asintió con la cabeza.

—Cuando llegue el momento de tener tus bebés...

—... quiero que tú estés ahí, pero nadie más. No quiero a nadie más en toda la casa. Manda a Billy y a papá a alguna parte. Y dale un recado a Zaddie.

—Voy a necesitar ayuda, cariño. Zaddie puede echarme una mano...

—No, es que...

—No hay nada que Zaddie no haya visto y que no sepa —dijo Elinor muy lentamente—. ¿Entiendes lo que estoy diciendo? No hay nada que Zaddie no haría por ti y por mí. Ha sido así desde que Zaddie era una pequeña y rastrillaba los patios para Mary-Love.

Elinor no soltó la mano de su hija.

—Mamá —susurró Frances, ahora llorando—, ¿sabes lo que he visto?

Elinor asintió en silencio.

—Sí, ahora lo sé. Y entiendo por qué estás alterada.

—¡¿No debería estarlo?!

Elinor sonrió.

—Es lo mismo que con Nerita y yo. Esos dos bebés van a ser tan distintos como la noche y el día, tan distintos como el aire y el agua, tan distintos como la vida y la muerte.

—Pero ¿qué voy a hacer...?

—Yo te enseñaré lo que tienes que hacer, cariño, no tienes que preocuparte por nada. Solo tengo que ingeniármelas para sacar a Oscar y a Billy de la casa cuando llegue el momento.

El vientre de Frances seguía hinchándose, hasta el punto de que incluso Billy y Oscar empezaron a preguntarse si llevaba más de un hijo. Frances estaba deprimida y le pidió a su marido que durmiera en la habitación delantera. Se sentía demasiado incómoda como para compartir la cama, dijo. Billy accedió sin rechistar.

A principios de julio, Frances empezó a presionar a su madre para que Oscar y Billy se marcharan de casa. Quería asegurarse de que en el momento de dar a luz iba a estar sola.

—Una semana —le dijo Frances a su madre una mañana después del desayuno, en cuanto Oscar y Billy salieron por la puerta camino del trabajo.

—¿Lo sabes seguro? —preguntó Elinor, complacida.

—Sí —respondió Frances—. Una semana, seguro.

—No va a ser nada fácil sacar a Oscar y a Billy de la casa, Frances. Billy va a querer quedarse aquí contigo. ¿No tendría más sentido que tú, Zaddie y yo nos fuéramos a otro sitio durante unos días?

Frances se quedó mirando a su madre con extrañeza.

—No —dijo, con tono sorprendido—. Mamá, sabes que tenemos que estar cerca del río.

Elinor sonrió, como si su sugerencia hubiera sido una especie de prueba y Frances hubiera dado la respuesta correcta.

—Cariño —dijo entonces Elinor—, estás cambiando, ¿lo sabes?

Frances asintió con la cabeza, con una sonrisa apesadumbrada.

—Sé cosas que antes no sabía.

—Y es difícil para ti...

—Sí —admitió Frances—. Pero no tengo ninguna opción, ¿verdad?

Elinor negó con la cabeza.

—¿Qué es lo que sientes? —le preguntó su madre con curiosidad.

Frances se reclinó en su silla y pensó durante un momento.

—Me siento distinta —dijo por fin, midiendo las palabras—. Entiendo cosas que antes no entendía. Veo cosas que nunca había visto. Oigo cosas que nunca había oído. Los robles acuáticos tienen nombres, sé cómo se llaman. Sentada en esta silla, noto la brisa que entra a través de la mosquitera y sé dónde ha estado. No podría expresarlo con palabras, pero lo sé. Siento que mi cuerpo está cambiando más allá de tener un bebé. Dicen que las mujeres experimentan todo tipo de cambios cuando se quedan embarazadas, pero es mucho más que eso. Ha cambiado la forma en que me muevo, lo que siento cuando cojo un objeto. No estoy segura de lo que es. Mamá, ¿realmente estoy cambiando?

—Todos cambiamos. Tú también. Y yo.

—Sí, pero mamá, siento... Sé que va a parecer una locura, pero siento que soy cada vez más joven. Y eso no es lo que se supone que una siente cuando tiene su primer bebé; se supone que una debe sentir que se está haciendo mayor.

—No te sientes más joven, solo te sientes más feliz, eso es todo.

Frances negó con la cabeza y entonces preguntó, pensativa:

—¿Cuántos años tienes?

Elinor sonrió:

—Nunca he respondido a esa pregunta. No se lo he dicho a nadie. ¿Tú qué edad crees que tengo?

—Bueno, creo que tienes la edad de papá. Y papá tiene cincuenta y tres.

—¿Tan vieja me ves?

—No sé, creo que podrías tener cincuenta y

tres años —dijo Frances—. A ver, eres guapísima, mamá, pero sí, podrías tener cincuenta y tres años. ¿En qué año naciste? ¿Eres mayor que papá o más joven?

—No lo sé, perdí mi certificado de nacimiento en la inundación de 1919.

—Pero tienes que saber cuántos años tienes...

—Bueno, cariño, hay quien dice que la edad no se mide por el número de años que tienes, sino por lo joven que te sientes. Y aunque esté a punto de tener mis primeros nietos, yo me siento muy joven. Y tú también, tú misma lo has dicho: te sientes más joven. Y estoy segura de que lo eres.

Elinor llamó a Zaddie para pedirle más café y Frances meditó sobre aquella respuesta.

—Mamá —preguntó en cuanto Zaddie regresó a la cocina—, ¿cuánto tiempo viviría si estuviera en el agua? Si estuviera siempre, quiero decir.

—¡Shhh! —dijo Elinor, señalando la puerta de la cocina con un movimiento de cabeza.

—Creía que habías dicho que Zaddie sabía todos nuestros secretos.

—Zaddie sabe algunos secretos, cariño, tampoco hace falta irlo pregonando a bombo y platillo. Y no deberías hacerme preguntas así, por lo menos...

—¿Por lo menos qué?

—Por lo menos durante el desayuno.

—Oh —dijo Frances entre risas—. Solo son conjeturas. Supongamos que viviera en el fondo de algún río; me pregunto cuánto tiempo viviría. Me pregunto si viviría más tiempo que la gente que vive en la tierra.

Elinor parecía incómoda y jugaba con la taza, que hacía girar lentamente sobre el plato.

—Es posible —contestó en tono evasivo.

—Y en la tierra, con veinticinco años, eres una persona adulta, pero tal vez bajo el agua, en el fondo de un río, a los veinticinco años no eres tan mayor; tal vez allí con veinticinco años todavía eres una niña.

—Sí, tal vez —dijo Elinor.

—Y tal vez... —añadió Frances, ahora más seria—. Tal vez si una mujer de veinticinco años que vive en la tierra estuviera siempre pensando en el fondo del río, si soñara con él, si lo viera cada vez que cerrara los ojos y lo oyera al cubrirse las orejas con las manos, tal vez entonces empezaría a sentirse más joven.

—Es posible —dijo Elinor.

—Y si... ¡Oh!

Frances se interrumpió de repente, con una mirada de sorpresa.

—¿Qué pasa? —preguntó Elinor.

—¡Acaba de dar una patadita! —exclamó Frances.

—¿La niña?

—No —respondió Frances—. La otra.

Los dolores de parto de Frances empezaron una semana más tarde, en la mesa de la cena.

—Me voy a casa —dijo Miriam, que aún no había terminado de comer—. Llamadme cuando termine.

Queenie también se marchó a toda prisa mientras le daba la enhorabuena. Billy fue corriendo al teléfono para llamar a Leo Benquith, pero Frances lo detuvo.

—¡No! —gritó—. Mamá y Zaddie. Solo mamá y Zaddie.

—Pero cariño —dijo Billy sorprendido—, estás enorme. ¿Y si hay algún problema?

—Solo mamá y Zaddie —repitió Frances con firmeza.

—Elinor —dijo Oscar, alarmado—, encárgate de Frances. Llévatela arriba, ¡rápido!

—Oscar, la cosa no va tan rápido —respondió Elinor con calma.

—¿Estás bien? —le preguntó solícitamente a Frances su marido.

—Zaddie —dijo Oscar—, deja los platos y ocúpate de Frances.

—Frances está bien, señor Oscar —respondió Zaddie, y continuó limpiando la mesa.

—O al menos lo estaré —añadió esta vez Frances—, en cuanto vosotros dos salgáis de aquí.

—¿Cómo? —preguntó Billy—. ¿A quién te refieres con «vosotros dos»?

—A ti y a papá.

—¿Perdón? —exclamó Oscar.

—No quiero que estéis aquí —insistió Frances.

—¡La ponéis nerviosa! —explicó Elinor—. Y no la culpo. Cuando yo di a luz no quería a ningún hombre cerca. Los hombres estorban.

—Así es —dijo Frances—. De modo que te agradecería mucho, Billy, que tú y papá os fuerais a algún sitio.

—Pero ¿adónde vamos a ir? —preguntó Billy.

—Id a la granja de Gavin Pond y pasad la noche con Grace y Lucille —propuso Elinor—. Os llamaremos cuando todo haya terminado.

—¡Yo no me pienso ir! —exclamó Billy.

—Sí, sí te irás —dijo Frances con calma—. Y ahora mismo. Mete un pijama en una bolsa. Mamá, llama a Grace y dile que prepare la cama para Billy y papá.

Billy Bronze y Oscar Caskey se quedaron sentados en silencio en la mesa del comedor, observando con asombro cómo Elinor ayudaba a su hija a subir las escaleras.

—¡Fuera! —les gritó Zaddie al volver de la cocina—. Vamos, ¡fuera, fuera! No los queremos por aquí.

Hacía una noche de julio cálida y fragante. Las nubes blancas y bajas absorbían los rayos de luz procedentes de la tierra y los proyectaban como un manto gris y difuso sobre Perdido. Billy Bronze, con su suegro en el asiento del copiloto, conducía temerariamente hacia la granja, como si su esposa estuviera allí y le hubiera rogado que estuviera a su lado durante el parto.

—Billy, vas demasiado rápido —dijo Oscar en tono de leve reprimenda—. No tengo muchas ganas de morir esta noche. No hasta que haya conocido a mi primer nieto.

—Perdón —dijo Billy, levantando el pie del acelerador.

Atravesaron Babylon. Apenas eran las nueve, pero muchas de las casas estaban ya cerradas a cal y canto.

—Intenté que Elinor me dijera si iba a ser niño o niña, pero no quiso —explicó Oscar—. «Tú y Billy vais a tener que esperar a ver qué pasa», dijo.

—¿Cómo iba a saberlo? —preguntó Billy.

Durante unos segundos Oscar no respondió, y cuando lo hizo fue con otra pregunta:

—¿Cómo es posible que, después de tanto tiempo cerca de Elinor, aún no te hayas dado cuenta de que sabe cosas que tú y yo no sabemos?

—Sí, Elinor es muy inteligente —admitió Billy—. Pero ¿cómo va a saber si será niño o niña?

Era evidente que Elinor las había llamado por teléfono para avisarlas, ya que Lucille y Grace los estaban esperando en la puerta de la granja, ataviadas con batas idénticas.

—¿Os han echado? —preguntó Grace sonriendo.

—¡Pues sí! —exclamó Billy, bajando del coche.

—Ya sé que somos una molestia para vosotras... —comentó Oscar, sacudiendo la cabeza.

—Imagino que os habrá echado Frances —dijo Lucille, sonriendo también y haciéndose a un lado para dejarlos pasar—. Y ya era hora, la verdad: nunca entenderé que una mujer que se precie pueda convivir con un hombre...

—Duele en el amor propio —confesó Billy—. De verdad os lo digo.

—Creo que será mejor que llame a Elinor —dijo Oscar, dirigiéndose al teléfono.

—No lo hagas —lo cortó Grace—. Me ha pedido que te dijera que ya llamaría ella. De todos modos no contestarían, están demasiado ocupadas para atender el teléfono.

—O sea que vamos a estar aquí sentados como pasmarotes hasta que suene el teléfono —dijo Billy con un suspiro—. ¡Es mi primer bebé!

—Jugaremos a las cartas para que os olvidéis del asunto —dijo Grace, que se llevó a los hombres al comedor.

—Yo solo juego al dominó —las advirtió Oscar—. Si se me hubiera ocurrido, habría traído las fichas.

—Vamos a enseñaros a jugar a la canasta —dijo Lucille—. Es a lo que siempre jugamos Grace y yo. Claro que es diferente con cuatro que con dos, pero para eso está el reglamento oficial.

Los cuatro se sentaron a la mesa. Pero, aunque le explicaron pacientemente las reglas, Oscar era incapaz de concentrarse en el juego, y al cabo de una hora se rindieron. Lucille se metió en la cocina, preparó vasos del néctar de mora de Elinor y los llevó al comedor.

—Oscar, aprovechando que estás aquí quiero contarte algo —dijo Grace.

—Dime.

—Miriam estuvo aquí la semana pasada y me hizo firmar unos papeles.

—Sí, lo sé.

—Vale, eso es todo lo que quería saber. Solo quería asegurarme de que Miriam no anduviera tramando algo por su cuenta con nuestras propiedades al sur de la granja.

—Miriam está segura de que vamos a hacer una fortuna con eso —comentó Billy—. Y todos sabemos que, si solo depende del trabajo duro y la mala leche, Miriam nos va a hacer ricos a todos.

—Yo confiaría en Miriam —dijo Oscar, tranquilizando a Grace—. Si te dice que firmes algo, yo que tú lo firmaría. Si te dice: «Fírmame un cheque», saca la chequera. Miriam sabe lo que se hace. Lo único que le importa es ganar dinero y le da lo mismo que este vaya a parar a su cuenta, a la tuya, a la mía o a la de cualquier otro miembro de la familia. Nada la hace más feliz que sumar la columna de las ganancias diarias y ver que el total es cada vez más alto.

—Pero ¿no habla contigo de todo esto? —le preguntó Grace con incredulidad.

—¿Para qué? —Oscar se encogió de hombros—. Yo sé casi todo lo que hay que saber sobre árboles, pero no sé casi nada sobre ningún otro asunto. Desde luego, no podría ir a Texas y convencer a nadie de que tenemos yacimientos petrolíferos en el condado de Escambia, en Florida. Miriam, en cambio, sí puede.

—Pero ¿van a hacerle caso a una mujer? —preguntó Lucille.

—Puede que no —dijo Billy—. Por eso me ha pedido que la acompañe, por si acaso. Yo sé algo del asunto; no tanto como Miriam, por supuesto, pero me sentaré a su lado mientras ella habla y trataré de parecer inteligente, supongo. Extenderé los mapas sobre el escritorio de algún pez gordo y dejaré que Miriam vaya dibujando sus círculos.

—Pero lo que no entiendo es cómo demonios sabe Miriam dónde tiene que dibujar esos círculos —dijo Grace.

Billy se encogió de hombros.

—Se lo enseñó Elinor... —contestó Oscar.

De un modo u otro, los debates en la familia Caskey siempre se zanjaban al mencionar a Elinor.

—Bueno —dijo Grace a las diez en punto—, Lucille y yo nos vamos a tener que ir arriba. Los de ciudad podéis dormir hasta las ocho de la mañana si queréis, pero en verano Lucille y yo nos levantamos a las cuatro.

—Sí, cómo no —dijo Oscar—. Y gracias por la compañía.

—¿Habéis traído pijamas? —preguntó Lucille.

—Están en el coche —dijo Billy.

—¿Y no os importa compartir la cama esta noche? —preguntó Grace.

—Yo tenía la esperanza de que a estas alturas Elinor ya habría llamado —suspiró Oscar.

—A dormir —dijo Grace—. No esperéis nada antes de la mañana.

—Yo no voy a poder pegar ojo —aseguró Billy—. Voy a estar pendiente del teléfono.

—Dejad la puerta abierta —dijo Grace, con un pie sobre el peldaño inferior de la escalera y la mano encima de la de Lucille sobre la barandilla.

Las dos mujeres subieron para acostarse. Abajo, Oscar y Billy las oyeron cerrar la puerta con delicadeza. Pasaron media hora más sentados a la mesa del comedor, hablando en voz baja, y finalmente Billy fue al coche a por los pijamas. Subieron, se desnudaron y se metieron en la cama.

—Yo tampoco voy a poder dormir —dijo Oscar—. No puedo dormir más que en mi propia cama. Esto no es un colchón de plumas, y yo necesito un colchón de plumas. Elinor tendría que haber cargado un colchón de plumas en la parte trasera del coche. Si alguna vez tengo que volver a ir a algún sitio, voy a llevarme un colchón de plumas en la parte de atrás para poder dormir.

—¿De verdad crees que Elinor sabe si va a ser niño o niña? —preguntó Billy en voz baja, girándose sobre la almohada para mirar a su suegro, que yacía a su lado con los ojos muy abiertos.

—Desde luego. Y Frances también —aseguró Oscar—. Billy, levántate y enciende el ventilador de la ventana, ¿quieres? A lo mejor si sopla algo de aire logro dormirme.

Billy lo hizo. Entonces se dio media vuelta y se colocó a los pies de la cama.

—¿Frances también lo sabe?

—Estoy convencido. ¿Por qué crees que se han deshecho de nosotros?

—Porque no querían que estuviéramos allí.

—Exacto —dijo Oscar—. ¿Y cuándo fue la última vez que Frances te dijo que hicieras algo y no aceptó un no por respuesta?

—Nunca.

—Pues eso.

—¿Qué significa todo esto? —preguntó Billy, perplejo.

—Significa que saben algo que no quieren que descubramos —dijo Oscar.

Billy rodeó la cama y se acostó de nuevo.

—Ya —susurró—, pero ¿de qué se trata?

—Billy —dijo Oscar—, ¿me vas a tener de cháchara toda la noche?

Tal como había pronosticado, Oscar no logró conciliar el sueño porque ese colchón no era de plumas. A su lado, en la misma cama, Billy Bronze tampoco dormía, preocupado por su mujer y ansioso por tener noticias del nacimiento de su hijo. Al otro lado del pasillo, Lucille y Grace daban vueltas en la cama porque habían tomado demasiado café después de la cena. En su catre, a los pies de la cama, Tommy Lee Burgess daba vueltas en la cama por el calor y por la avispa que zumbaba cerca del techo.

En Perdido, Sister estaba sentada en la cama, rodeada de almohadas. Con la luz de la mesita de noche encendida, hojeaba con impaciencia una gran pila de revistas, recortando recetas como si estuviera poseída. En la oscuridad del extremo opuesto de la habitación, Miriam estaba sentada en una silla, con el respaldo enfrente. Tenía los brazos cruzados sobre una mesita de mimbre y giraba pacientemente el dial de la radio, buscando las emisoras nocturnas.

El calor, la preocupación, el colchón, el suspense, los insectos, la cafeína y el olor del río que flotaba en el aire los mantenía despiertos.

De pronto se oyó un ruido agudo y repentino, y Sister levantó la cabeza de la revista que estaba hojeando.

—¿Qué ha sido eso?

Miriam se levantó y se acercó a la ventana. Cuando miró a través de la ventana mosquitera vio una ventana iluminada en la casa de sus padres.

—Habrá sido Frances —dijo—. Imagino que todavía estará de parto.

—Creo que deberían llamar a Leo Benquith ahora mismo.

—Leo está muy viejo —afirmó Miriam, impasible—. Si yo fuera a tener un bebé, ¿sabes a quién querría tener a mi lado?

—¿A quién?

—A Elinor y Zaddie —respondió Miriam, sentándose de nuevo y girando una vez más el dial de la radio.

—Tú nunca tendrás un bebé —dijo Sister, encogiéndose de hombros.

En la habitación de Frances ardía una única luz sobre el tocador. Elinor estaba tumbada en la cama junto a su hija mientras la cogía de las manos. Frances tenía el pelo húmedo y esparcido sobre la funda de la almohada, y la mirada perdida en el techo. Zaddie estaba sentada en una delgada mecedora de caoba, a los pies de la cama.

—Se acerca la hora —comentó esta, y Elinor asintió.

—¿Está todo listo?

Frances dio un pequeño bote. Las sábanas estaban húmedas debido al sudor y arrebujadas a los pies de la cama. Elinor agarró a su hija de las manos con más fuerza. Frances empezó a gemir e intentó ponerse de lado, pero Elinor no se lo permitió, de modo que empezó a retorcerse.

Zaddie se levantó, dispuesta a ofrecer su ayuda, pero Frances se quedó de nuevo en silencio.

—Frances no tiene buen aspecto, señora Elinor. ¿Estará bien? —preguntó Zaddie.

—Está preocupada.

—Todo el mundo se preocupa con su primer parto...

Elinor asintió y se volvió hacia su hija. Frances tenía la mirada vacía y la boca entreabierta.

—Aún recuerdo el nacimiento de la señorita Frances —dijo Zaddie, pensativa.

—¿Y recuerdas algo más? —preguntó Elinor con tono inquisitivo.

—¿A qué se refiere, señora?

—¿Recuerdas lo que hice la noche en que nació Frances?

Zaddie negó lentamente con la cabeza.

—Sí, sí lo recuerdas, Zaddie —insistió Elinor—. No me digas que no.

—Señora Elinor —dijo Zaddie—, he crecido en esta casa, nunca he vivido en otro lugar. Y creo que voy a envejecer aquí. Nunca me he casado ni he tenido nada que ver con ningún hombre de color, porque soy solo suya.

—Sí, eres mía —asintió Elinor.

—Y estando en esta casa he visto y he oído cosas —prosiguió Zaddie—. Pero eso no significa que prestara mucha atención. Lo único que sé es que soy suya y que voy a envejecer aquí, sirviéndola a usted y a los tuyos.

—Muy bien —dijo Elinor—. ¿Y sabes qué quiere decir eso?

—¿Qué, señora?

—Quiere decir que, pase lo que pase y veas lo que veas, esta noche no vas a salir corriendo. Quiere decir que...

Frances se incorporó de repente en la cama y pegó un grito.

Con un gesto imperioso, Elinor obligó a su hija a recostarse de nuevo sobre las sábanas húmedas. Entonces le levantó el camisón por encima del enorme vientre, que había empezado a borbotear.

—¡Ha llegado el momento! —siseó Zaddie—. ¡Ya lo tenemos aquí!

—*La* tenemos —la corrigió Elinor, acariciando con la punta de los dedos la forma húmeda y brillante que asomaba entre las piernas de Frances.

Frances gritaba y se retorcía, y Zaddie le sujetó las manos crispadas.

Al momento el bebé tuvo los hombros al descubierto. Elinor tomó a la niña entre sus manos y, con delicadeza, la ayudó a salir. Unos segundos más tarde, la pequeña estaba libre. Sin perder un momento, Elinor cortó el cordón umbilical.

—Toma, Zaddie —gritó—, cógela.

Frances seguía retorciéndose, y Zaddie, con expresión atemorizada, dijo:

—Por Dios, hay otro...

—Coge al bebé —insistió Elinor.

Zaddie soltó las manos de Frances. Los brazos de la parturienta cayeron como pesos muertos sobre la cama y dejó de agitarse. Zaddie cogió una toalla y tomó la niña de los brazos de Elinor.

—¡Apaga la luz! —le ordenó esta.

Zaddie se quedó quieta, con el bebé en brazos.

—¡Pero con las luces apagadas no vamos a ver nada!

—¡Apaga la luz! —repitió Elinor—. ¡Ahora!

Zaddie se volvió para hacerlo, pero al girarse vislumbró una segunda cabeza emergiendo lentamente del cuerpo de Frances, que se estremecía en silencio. Tenía un tono gris verdoso y una piel que parecía viscosa. Antes de que sus dedos accionaran el interruptor de la lámpara y la habitación quedara sumida en la oscuridad, Zaddie vio dos ojos perfectamente abiertos y redondos, cubiertos por una película traslúcida, y dos agujeros negros donde debería haber estado la nariz.

Zaddie se quedó muy quieta, escuchando con la niña recién nacida entre los brazos. Oyó un sonido procedente de la cama que le hizo pensar en una bota de hombre emergiendo despacio de un charco de barro. Entonces Zaddie oyó un sonido confuso, seguido de un par de jadeos de Elinor y del chasquido seco de unas tijeras.

—Enciende la luz —dijo Elinor unos segundos más tarde.

Zaddie buscó la lámpara a tientas. La volcó con las prisas, pero logró enderezarla y la prendió.

Vio a Frances echada en la cama, agotada y sin fuerzas, pero sonriendo. Elinor estaba a los pies de la cama, acunando al segundo bebé, al que Zaddie no podía ver, pues estaba cubierto con una toalla.

Frances estiró los brazos hacia Zaddie, pidiéndole que le entregara su hija.

—Diez dedos —dijo Elinor—. Tu pequeña tiene diez dedos.

Tras dejar a la niña en brazos de Frances, Zaddie se acercó a Elinor, pero esta dio un paso atrás.

—¿Está vivo? —susurró Zaddie.

La toalla se retorció y se convulsionó con tanta violencia que a Elinor estuvo a punto de caérsele de las manos. Echó un vistazo debajo de la tela y se rio.

—Mamá —dijo Frances—, déjame ver.

Elinor miró a Zaddie.

—Ve a lavarla —le dijo a la muchacha—. En el baño. Y cierra la puerta.

Zaddie volvió a coger la niña en brazos y se la llevó al baño. Encendió la luz y, al volverse para cerrar la puerta, vio cómo Elinor rodeaba la cama de Frances y le tendía aquel fardo envuelto con toallas.

Después de cerrar la puerta, Zaddie oyó otro grito de Frances, aunque esta vez no fue un grito de dolor, sino de conmoción y consternación.

—No —le dijo Elinor con tono severo a su hija—. No apartes la cara. Mírala.

—*¿La?* —preguntó Frances, encogiéndose entre las almohadas empapadas.

—Dos niñas —dijo Elinor en voz baja—. Gemelas.

—Mamá, no puedes llamar a esa cosa que tienes...

—Cógela, cariño. Abrázala.

—¡No puedo!

—Sí puedes —repuso Elinor, colocando con insistencia el bulto envuelto en la toalla sobre el pecho de Frances. La toalla se abrió un poco y esta vio dos ojos planos y húmedos, del tamaño de una moneda grande, que la miraban fijamente. Frances sacudió la cabeza, negándose a extender los brazos.

—Ay, niña —suspiró Elinor, risueña—, ¿qué aspecto crees que tenías tú?

Frances levantó la vista con expresión asombrada.

—¿Cuando nací?

—No, un poco más tarde. Cuando te llevé al río para bautizarte. Antes de que construyeran el dique. —Elinor abrazó a su segunda nieta, sumida en aquel feliz recuerdo—. Zaddie me siguió hasta la orilla en plena noche porque no sabía qué iba a hacer contigo. Vio cómo te tiraba al agua...

—¡¿Me tiraste al río?!

—Pues claro. Entonces Zaddie se metió en el agua y te sacó. Solo que no te parecías a la Frances Caskey que había nacido esa mañana, sino a esta niña.

En ese momento, Elinor apartó la toalla y, antes de que su hija pudiera protestar, colocó el bebé entre los brazos de una reacia Frances. Esta hizo una mueca, se estremeció e intentó devolverle la pequeña, pero Elinor se apartó lejos de su alcance.

—Cuidado, que resbala —le dijo.

Por un momento pareció que Frances iba a tirar a la pequeña al suelo, pero de pronto esta soltó un grito ahogado, como el de un gatito que hubiera caído en un cubo de agua de lluvia. Instintivamente, Frances apretó a la pequeña contra su pecho, pero aquel maullido húmedo continuó.

—¿Qué le pasa? —preguntó Frances—. ¿Por qué llora así?

—Se está ahogando —dijo Elinor.

—¡¿Ahogando?!

—Con el aire. Necesita estar en el agua.

—¿Se va a morir? —preguntó Frances con voz temblorosa, pero Elinor negó con la cabeza.

—Solo hay que llevarla al río y tirarla al agua. Estará bien.

—Pero ¿quién va a cuidar de ella?

Elinor no respondió de inmediato.

—Estará bien —dijo finalmente.

—Mamá, ¿estás segura?

—Creía que no la querías.

—Bueno —dijo Frances, que seguía abrazando aquella aberración contra su pecho para no tener que mirarla directamente—, no quiero que Billy la vea. Ni tampoco Zaddie —añadió, mirando con expresión nerviosa la puerta del baño, como si por un momento se le hubiera olvidado que Zaddie y su primera niña estaban al otro lado.

—Zaddie no saldrá hasta que yo se lo diga —le prometió Elinor.

—... pero, desde luego, no quiero que se muera.

—Mírala, cariño.

Una lágrima solitaria se formó en el rabillo del ojo de Frances.

—No puedo, mamá.

—Sostén a tu pequeña en brazos y mírala —insistió Elinor—. Es el momento más feliz de la vida de una madre.

Frances lo hizo, aunque a regañadientes.

Su hija se retorció.

—Mamá —dijo por fin Frances con un temblor en la voz—, es la cosa más fea que he visto en mi vida.

—¡Cariño! —dijo Elinor con una carcajada—. Uno de estos días voy a subirme al dique y lanzaré un espejo de mano al río.

—¿Para qué?

—Para que veas cómo eres tú bajo el agua.

Frances volvió a mirar a su segunda hija y contempló con ojos nuevos aquel bebé que se retorcía enérgicamente entre sus brazos.

7
La familia de Billy

Zaddie pasó una hora sentada con la recién nacida en el baño adyacente a la habitación de Frances; sabía que no debía salir antes de que la llamaran. Los años que había pasado viviendo con Elinor Caskey habían reducido su curiosidad ante cualquier cosa que no le contaran directamente. Al final, después de pasar un buen rato sentada en el borde de la bañera con la recién nacida sobre el regazo, oyó un solo golpe en la puerta. Se levantó y la abrió. Elinor, todavía con el bulto envuelto en la toalla, cruzó el dormitorio hacia el otro lado de la cama. En el centro había un gran círculo de restos sanguinolentos, agua y un moco verde grisáceo como Zaddie nunca había visto antes. Había también dos cordones umbilicales: uno de ellos carnoso y ensangrentado, como cualquier cordón umbilical, y el otro liso y pálido, sin gota de sangre.

Frances, todavía desnuda, había eliminado con una toalla casi todos los rastros del doble parto y estaba sentada en el tocador, cepillándose el pelo. Sus movimientos eran débiles y algo inconexos; estaba pálida y parecía cansada, pero se sentaba muy erguida, como si quisiera dar la impresión de estar recuperando rápidamente las fuerzas. Zaddie le llevó a la niña para que la viera.

—¡Mire qué bonita! —exclamó.

Frances miró al bebé y esbozó una sonrisa distraída.

—Zaddie —dijo Elinor—, Frances y yo tenemos que salir un rato.

—¡Señora! —exclamó Zaddie, incrédula.

Frances se levantó con cuidado del tocador.

—¡Por Dios, es como si estuviera vacía! —dijo entre risas, dirigiéndose al armario, de donde sacó una bata ligera—. ¡Cada vez que miro hacia abajo me pregunto adónde ha ido a parar todo lo que me falta!

—Señora Elinor —dijo Zaddie, recordando un episodio del pasado—, ¿va a tener cuidado con ese bebé?

—La niña se queda aquí, Zaddie.

Esta pareció sinceramente aliviada y se quedó mirando el fardo que había en los brazos de Elinor.

—Es terrible, señorita Frances, cuando un bebé nace muerto... —dijo.

La manta que Elinor llevaba en brazos se movió, pero, si lo vio, Zaddie no dio señas de percatarse: ya había decidido que el segundo hijo de Frances Caskey había nacido muerto. Teniendo en cuenta lo que había visto al salir del cuerpo de Frances, se dijo que era mejor así. Y si el bebé seguía vivo, lo mejor que podían hacer la señora Elinor y la señorita Frances era tirarlo al río, que ella no iba a decir ni pío.

Frances se puso unas sandalias y dijo:

—Mamá, estoy lista.

—¡Señorita Frances! —exclamó Zaddie—. ¡No me diga que está pensando en salir!

—No hace falta que vengas, querida —dijo Elinor—. Puedes quedarte aquí. Llama a Billy y a Oscar si quieres. De todos modos, volveré mucho antes de que lleguen.

—Quiero ir contigo, mamá —dijo Frances—. Después de todo, es mi niña —añadió, mirando a la cama sucia—. Mi otra niña.

En un intento por ignorar aquella conversación, Zaddie se concentró en la pequeña que tenía en brazos y la acarició suavemente mientras tarareaba una melodía sin palabras.

—Zaddie —dijo Elinor.

—¿Sí, señora?

—Si alguien pregunta, ya sabes lo que tienes que decir, ¿no?

—Diré que la señorita Frances ha tenido la niña más bonita que nadie haya visto en la vida.

—Y nada más —añadió Elinor.

—¿Qué más iba a decir? —respondió Zaddie, imperturbable.

—Nada —dijo Frances, haciéndole cosquillas en la barbilla a su primer bebé—. Nada más...

—Bueno, pues vamos a salir unos minutos —dijo Elinor—. No contestes el teléfono aunque suene y no enciendas ninguna otra luz. No me sorprendería que Sister estuviera vigilando por la ventana, y si ve que se encienden luces por toda la casa, lo más probable es que coja el teléfono y llame a Oscar.

—He puesto dos cubrecamas encima del colchón —dijo Zaddie, señalando la cama con orgullo—. Seguro que no se ha filtrado nada. Pero si el señor Billy vuelve esta noche, no duerman aquí. Instálense en otra habitación hasta mañana, cuando pueda volver a limpiar. Este cuarto tiene un olor a río que tumba. Señorita Frances, tenga cuidado ahí fuera; no se tropiece con nada. Ojalá se quedara aquí conmigo. ¿Qué diría la gente si supiera que anda por ahí justo después de dar a luz?

—Todo irá bien, Zaddie —le aseguró Frances—. Mamá va a guiarme y caminará muy despacio. Voy a tener cuidado, te lo prometo.

Era más de medianoche. Tras dejar a su primer bebé al cuidado de Zaddie, Frances tomó el segundo de los brazos de Elinor y bajó lentamente las escaleras de la casa oscura. Elinor se había adelantado para abrir las puertas y asegurarse de que no había ningún mueble en el camino.

—Veo perfectamente —dijo Frances.

Salieron sin hacer ruido por la puerta trasera y

dejaron de hablar. Sister tenía las luces de la habitación encendidas y las dos mujeres no tenían ningún interés en llamar su atención con sus voces.

Al amparo de los robles acuáticos, Elinor y Frances recorrieron lentamente la base del dique hasta llegar a los escalones de hormigón que había detrás de la casa de Queenie. Empezaron a subir despacio y con cuidado, pero Frances se quedaba sin aliento y en más de una ocasión estuvo a punto de pegar un grito de dolor. Aun así no se detuvo y pronto llegaron a lo más alto, donde se ocultaron tras los espesos arbustos que habían echado raíces. El impetuoso Perdido discurría metros abajo. A Frances, aquella noche sus murmullos y su olor le resultaron dolorosamente familiares.

—¿Y bien? —preguntó Elinor al cabo de un rato.

—Mamá —susurró Frances, contemplando los húmedos ojos de su hija—, ¿se supone que debo arrojarla sin más? ¿Desde aquí arriba?

—No —dijo Elinor—. Bajaré y la meteré yo en el agua.

—¿Y seguro que estará bien?

—Cariño —dijo Elinor, acariciando al bebé en brazos de su hija—, ¿de verdad crees que mataría a esta cosita? A mis ojos no es fea, en absoluto —añadió Elinor, que metió un dedo en aquella boquita sin labios y jugueteó con su hinchada lengua negra—. ¡En absoluto!

—Pero ¿quién la cuidará?

Elinor cogió a la niña y apartó la toalla en la que estaba envuelta.

—¿Hay otros ahí abajo? —preguntó Frances—. ¿Alguien más que se asegure de que va a tener suficiente para comer?

Elinor no respondió y, agarrándose en los arbolitos que iba encontrando, comenzó a bajar por el talud del dique hacia el río. Tras un momento de indecisión, Frances la siguió, aunque el dolor en la ingle le latía con el pulso del corazón.

—¿Qué come? —susurró Frances en voz alta, pero Elinor seguía sin responder.

De pronto Frances tropezó con una zarzamora y se arañó el brazo y la pierna derecha.

—¡Frances! —exclamó Elinor, deteniéndose.

—Estoy bien, mamá —gritó esta al cabo de un momento, con la voz tensa, y se levantó con dificultad.

Al llegar a la base del dique, Elinor le tendió un brazo. Frances terminó de deslizarse por la pendiente y le dio la mano a su madre, que se la apretó.

—Descansa un momento —dijo.

—¿Cómo voy a volver a subir? —preguntó Frances con un suspiro.

—No deberías haber bajado.

—Mamá, es mi hija.

—Me alegro de que digas eso —dijo Elinor con orgullo—. Porque es verdad, es tuya.

Estaban en el banco de arena. Los grillos cantaban en las enredaderas de arrurruz que las rodeaban. Cuando Frances hubo recuperado el aliento, Elinor dio un paso hacia el agua. Frances se quitó la túnica, tomó la mano de su madre y la siguió.

—Dámela —dijo Frances.

Elinor le entregó el bebé. Juntas, madre e hija se adentraron en el agua, oscura y veloz.

Zaddie Sapp pasó dos horas sentada en la mecedora de caoba de la habitación de Frances, con la recién nacida en brazos. Se mecía pacientemente, esperando el regreso de las dos mujeres, mientras hacía un esfuerzo por no pensar en la segunda niña, la gemela, que había nacido deforme y que ahora estaba muerta. Zaddie no solo confiaba en la señora Elinor: la quería. La señora Elinor siempre hacía lo correcto y no había que cuestionarla.

El teléfono había sonado dos veces, pero Zaddie no había contestado.

Poco después de las tres, Elinor y Frances regresaron. Llevaban solo sus batas, y tenían el pelo enredado y mojado.

—¿Cómo está? —preguntó Frances, acariciando con un dedo a la niña en brazos de Zaddie.

—Tiene hambre —respondió esta.

—Dámela —susurró Frances. Cogió a la niña y se echó en la cama, se abrió la bata y se la puso en el pecho—. Mamá —dijo entonces mirando a Elinor, que se cepillaba el pelo mojado y enredado, de pie en la puerta—, tal vez deberías ir a llamar a Billy y a papá.

Elinor asintió y se marchó por el pasillo para llamar por teléfono. Al momento, Frances y Zaddie la oyeron hablar en voz baja.

—Zaddie —dijo Frances—, mamá y yo hemos dejado pisadas por toda la casa. Será mejor que veas qué puedes hacer para limpiarlas antes de que vuelvan Billy y papá.

—Sí, señora.

—Y Zaddie... —añadió Frances.

—¿Sí, señora?

—Gracias.

—De nada.

Zaddie se dio la vuelta para irse, pero, al llegar a la puerta, Frances volvió a dirigirle la palabra y la muchacha negra se dio la vuelta.

—No te preocupes por la otra —le dijo—. Está bien.

Billy y Oscar llegaron a casa a las cuatro de la mañana, pero ninguno de los dos se fue a dormir. Billy se sentó en la mecedora de caoba, con su hija en brazos, y Oscar y Elinor se sentaron en el porche de arriba a hablar. Frances, completamente agotada, se durmió enseguida. Queenie apareció a las cinco; no podía dormir, dijo, y quería ver al bebé. Miriam hizo acto de presencia a las seis; sus voces la habían tenido despierta toda la noche, y alguien tenía que llevar al bebé y presentárselo a Sister antes de que le diera un ataque.

Por la mañana, mucho más tarde, Frances llevó a la niña a la casa de al lado y se la mostró a Sister, que no paró de arrullarla y hacerle mimos.

—Siempre quise una niña —suspiró Sister—. ¿Cómo vas a llamarla?

—Nos hemos decidido por Lilah —dijo Frances.

—¡Ojalá tuvieras una extra y me la pudieras enviar para que me hiciera compañía!

Frances se echó a reír.

—¿Qué tiene eso de gracioso, si se puede saber? —preguntó Sister, pero Frances solo se rio aún más fuerte.

Leo Benquith examinó a Lilah a fondo y declaró que estaba sanísima, aunque, eso sí, criticó la decisión de Frances de tener a la niña en casa: cada vez más mujeres parían en los hospitales, lo cual en su opinión era algo positivo. Frances ni siquiera había llamado a una comadrona; podría haber pasado cualquier cosa.

—Mamá estaba conmigo —respondió Frances—. Zaddie también. Y todo ha salido bien.

Billy Bronze percibió un cambio súbito en Frances tras el nacimiento de su hija. Era como si en una sola noche —durante las horas en que lo había desterrado de la casa— hubiera madurado y se hubiera incorporado a la tradición de imperiosidad y determinación de las mujeres Caskey. No era ni beligerante ni exigente, desde luego; Frances nunca iba a serlo. Pero de repente sabía lo que quería y no le daba miedo decirlo. Hasta entonces solía rendirse a las opiniones o deseos de los demás, aunque fueran contrarios a los suyos; ahora, en cambio, consideraba que sus propios deseos eran tan válidos como los de los demás. Y ya no era tan insegura como antes. «A lo mejor deberías buscarte una secretaria de verdad para tu oficina —le dijo a Billy—. Me va a resultar difícil salir todos los días de casa; no puedo dejar a la niña con Zaddie, bastante trabajo tiene ya.»

Billy estuvo de acuerdo y contrató a una chica recién graduada del instituto, que había sacado sobresaliente en todas las asignaturas de mecanografía y contabilidad. Y la muchacha resultó ser mucho más útil para Billy que Frances, cuyo principal valor —más que sus habilidades como secretaria —había residido siempre en su lealtad y su buena predisposición a intentar cualquier tarea que le encargaran.

Billy estaba muy satisfecho con el cambio en la oficina. Realmente necesitaba a alguien más eficiente que lo ayudara a manejar las finanzas personales de los Caskey. Miriam estaba cada vez más metida en los asuntos del aserradero y su padre le cedía cada día parte de su poder. Bajo la estricta supervisión de Miriam, el aserradero prosperó como nunca, más incluso que durante el apogeo bélico.

Miriam buscaba clientes con un tesón que su padre nunca había poseído. Contrató a varios comerciales de Pensacola y Mobile para que salieran a la caza de negocios madereros. Habló con los principales constructores de la zona, tanto en Florida como en Alabama, y les ofreció grandes descuentos por volumen de pedidos. Adquirió nueva maquinaria para acelerar la producción. Tenía un empleado cuya única misión consistía en supervisar la planta y asegurarse de que todo se hacía de forma adecuada. Contrató a una empresa de contabilidad de Atlanta que se encargaba de los impuestos y la asesoraba sobre cómo minimizar la responsabilidad del aserradero ante el Gobierno. Salía al campo y negociaba la compra de terrenos con granjeros moribundos, o con las viudas de granjeros muertos. Se decía que asistía a más funerales que nadie en el condado. Miriam era incansable, y cada vez entraba más dinero en las arcas de los Caskey.

Billy, por su parte, se dedicaba a invertir ese nuevo capital. Una vez las necesidades de Miriam en el aserradero estaban cubiertas, Billy hacía operaciones con bonos, acciones y préstamos personales, incomprensibles para los miembros de la familia, que de vez en cuando le preguntaban cosas como: «Bueno, Billy, ¿qué has estado haciendo con nuestro dinero últimamente?». Había contratado una línea telefónica que usaba tan solo para contactar con corredores de bolsa de Nueva Orleans, Atlanta y Nueva York.

Y, sentado en el pasillo, fuera de su oficina, tenía a un chico de secundaria cuyo único trabajo consistía en llevar mensajes telegráficos al señor Jett, que tenía una franquicia de Western Union en el almacén de Ben Franklin.

Cada semana, Billy preparaba un sobre lleno de billetes nuevos para cada miembro de la familia, firmaba cheques para todas las facturas que llegaban, y una vez al mes preparaba una hoja de balance mecanografiada que mostraba cuánto dinero poseía cada uno. Aquel documento era siempre una fuente de asombro para los Caskey.

—¿Por qué no nos riñes nunca por gastar tanto? —le preguntó una vez Queenie a Billy—. Yo, por ejemplo, puedo ir a Pensacola y vaciar todas esas tiendas de ropa sin pensármelo dos veces...

Billy se rio.

—Bueno, Queenie —contestó Billy—, tienes tanto dinero que tendrías que ir a Pensacola todos los días durante dos años y pasarte todo el día, desde las ocho de la mañana hasta las seis de la tarde, comprando sin parar antes de que yo te dijera: «Oye, Queenie, frena un poco...». Pero hasta entonces no te voy a decir nada.

A Queenie le encantaba oír esto. ¡Quién le habría dicho, en su vida anterior, que un día tendría literalmente más dinero del que podría gastar!

Todos los Caskey acabaron por enterarse de que Miriam pretendía perforar los pantanos de la granja de Gavin Pond en busca de petróleo. Queenie y Sister creían que no tenía sentido, que ya tenían suficiente dinero, y que una explotación de estas características tan cerca de casa podía suponer una verdadera molestia para Lucille, Grace y Tommy Lee. Pero Grace ya se había reconciliado con la idea después de que, cada vez en que salía el tema, Lucille señalara que, si realmente había petróleo bajo aquel pantano, ella y Lucille se convertirían en las granjeras más ricas del condado de Escambia. Podrían comprar diez toros con pedigríes intachables, podrían limpiar cuatrocientas hectáreas más para plantar soja, algodón, maíz y cacahuetes. Podrían comprar media docena de tractores y construir varios graneros y excavar un segundo estanque y añadir un ala nueva a la granja. Grace estaba tan emocionada que llamó a Miriam y le dijo:

—¿Cuándo vas a ponerte manos a la obra con este asunto? Lucille y yo no podemos esperar eternamente a que llegue el dinero...

Miriam contrató a varios topógrafos y geólogos de la Universidad de Texas y los llevó a Perdido. Después de comer en casa de Elinor los acompañaron a la granja de Gavin Pond, donde les presentaron a Grace y los dejaron en el pantano con sus instrumentos, lentes topográficas y cuadernos de bitácora.

El informe que redactaron se ajustaba bastante a

lo que Miriam había esperado: las condiciones en el pantano encajaban con la posibilidad de que hubiera grandes reservas de petróleo en el subsuelo.

Armada con esa munición, Miriam se preparó para viajar a Houston.

—¿Te importa que vaya con Miriam? —le preguntó Billy a Frances después de que esta le pidiera formalmente que la acompañara.

—Pues claro que no —dijo Frances—. Puede que te necesite. Aunque, conociendo a Miriam, es un poco difícil de imaginar...

Miriam y Billy concertaron citas con varias compañías petroleras durante los diez días que iban a estar en Houston. El plan de Miriam era mostrarles los mapas y los informes de los topógrafos y los geólogos, y a continuación preguntarles, como si nada: «¿Y ahora qué?».

Una calurosa tarde de agosto, mientras Miriam estaba sentada frente a él, en su despacho, Billy se aventuró a preguntarle:

—¿Estás segura de que así es como se hacen las cosas en el negocio del petróleo?

—No —respondió Miriam, impasible—, pero es como las voy a hacer yo.

—¿Y si se ríen en tu cara? Quiero decir, ¿cómo no van a reírse cuando les digas que vengan a sacar petróleo en Florida? ¿Quién ha oído hablar de petróleo en Florida? ¿No van a decir: «¡Cuidado con los caimanes!»?

—Es posible —admitió Miriam—. Pero dentro de dos años la que se reirá seré yo.

—¿Cómo puedes estar tan segura de ti misma? —preguntó Billy.

—Porque, a la hora de la verdad —dijo Miriam, pensativa—, me fío de lo que diga Elinor. Y ella dice que ahí abajo hay petróleo.

Billy sonrió y le dirigió una mirada de soslayo. Una de las perneras del pantalón se le enganchó en el ventilador que había debajo del escritorio, y se agachó para soltarla; le había sucedido tantas veces que tenía el dobladillo deshilachado. Cuando levantó la vista, vio que Miriam se movía sigilosamente por el despacho con un diario financiero enroscado en una mano, persiguiendo a una avispa que había entrado volando por la ventana.

—Pero ¿cómo sabe Elinor que hay petróleo bajo esos terrenos? —preguntó Billy.

—No tengo ni la más remota idea —respondió Miriam, que mató la avispa de un diestro golpe. Cuando esta cayó aturdida al suelo, la aplastó con el zapato y la mandó debajo de una estantería—. Pero estoy convencida de que lo sabe y eso es lo único que importa. Puede que Elinor me regalara cuando yo era bebé; puede que nunca me haya querido ni una décima parte de lo que quiere a Frances; incluso puede que no me quiera tanto como te quiere a ti, Billy. Pero Elinor no me miente, eso es así. Si Elinor me mete detrás de una cortina y me dice que hay petróleo en el pantano, iré hasta allí remando con una bomba en la parte trasera de la barca.

—Creo que estás corriendo un riesgo —dijo Billy.

—Lo que creas me trae sin cuidado —dijo Miriam con aire despreocupado—. Lo único que quiero saber es si me vas a acompañar a Houston.

—Pues claro que te acompañaré. Ya te dije que lo haría.

Miriam volvió a sentarse y desenroscó el diario con el que había aplastado a la avispa.

—Me pregunto si no deberíamos fingir que estamos casados y que el que manda realmente eres tú.

Billy se rio.

—Eso no se lo creería nadie.

—No, supongo que no —dijo Miriam, complacida.

8

Plata

Frances no puso ninguna objeción a que Billy se marchara a Texas, pero Sister se mostró furiosa con Miriam por haber planeado ese viaje. Le dijo que la estaban «abandonando» y que la dejaban sola contra los lobos y el hambre, presa fácil para ladrones, violadores y quizás incluso su marido.

Miriam escuchó los desvaríos de Sister desde la habitación contigua mientras hacía la maleta. Queenie estaba sentada junto a la cama de Sister, pegando pacientemente las recetas que esta había recortado en fichas, aunque sabía que nadie prepararía nunca esos platos.

Cuando a Sister se le agotó finalmente la voz, Miriam cerró las maletas y entró en la habitación.

—Queenie va a cuidar de ti como siempre, Sister —dijo—. Y Ivey va a dormir aquí cada noche para que no estés sola. Tienes un teléfono en la mesita de noche y puedes llamar a cualquier persona del mundo para que venga a ayudarte si lo crees necesario.

—Despídete de mí ahora, Miriam, porque cuando vuelvas no estaré viva —respondió Sister con voz lúgubre.

Pero todas sus acusaciones y predicciones no lograron disuadir a Miriam de seguir adelante con aquellos planes que llevaba tanto tiempo esbozando.

—Sister —dijo Miriam—, cada día te pareces más a la abuela.

—¡Eso sí que no!

—Nunca creí que vería algo así —le comentó Miriam a Queenie.

A partir de ese momento, Sister dejó de poner objeciones al viaje de Miriam a Texas.

Billy y Miriam se fueron un domingo por la tarde de principios de septiembre, con una cita en la American Oil Company de Houston el martes por la mañana. Los Caskey, todavía con ropas de domingo, se sentaron en el porche de Elinor y, con la fragancia del jabón de Miriam todavía en el aire, comentaron lo solos que se sentían. Oscar se puso de pie.

—Diles a Bray y a Queenie que te traigan aquí, Sister —le gritó a su hermana, a quien entreveía tras la ventana de su dormitorio, en la casa de al lado.

—¿Quieres acabar de matarme, Oscar? Al menos ten la decencia de dejar que me pudra en paz —respondió Sister, también a voz en grito.

Esta pasó los primeros días de ausencia de Miriam enfadada. A veces incluso mandaba a paseo a Queenie.

Una noche se quedó sola en su habitación, hojeando sus revistas como de costumbre, buscando recetas, recortándolas y organizándolas sobre la colcha: cenas de boda completas, desayunos con champán —Sister nunca lo había probado—, almuerzos en el campo... Leyó con avidez un ejemplar de hacía veinte años de *Etiquette*, de Emily Post, maravillada ante la cantidad de cubiertos de plata que se necesitaban para un desayuno, más los que se requerían para tomar el té, además de las copas necesarias para una cena. A las diez llamó por teléfono a Queenie.

—¿Qué pasó con toda la plata de James? —preguntó inquisitivamente.

—Está aquí —contestó Queenie—. No le ha pasado nada.

—Tráela y deja que la vea.

—Por Dios, Sister —exclamó Queenie—, ¡¿tú sabes cuántas piezas son?! Envíame un par de carretillas y te las devuelvo cargadas.

—Trae una o dos cajas.

Queenie decidió no discutir. No tenía ni la más remota idea de para qué quería Sister la plata de James, pero fue obedientemente a la despensa donde parte de esta estaba guardada y sacó dos pesadas cajas de caoba. Una contenía un juego de cubertería de plata de ley para doce comensales, con una C grabada. En la otra había varios utensilios de servir de diversos tamaños y diseños; muchos eran verdaderas antigüedades y otros se habían fabricado con un propósito tan oscuro que Queenie no sabía ni por qué extremo cogerlas.

Con las dos cajas en brazos, Queenie pegó una patada al marco de la puerta mosquitera de la casa de Sister. Al cabo de un momento, Ivey se levantó de la cama que le habían preparado en un rincón del comedor, abrió la puerta y se quedó mirando fijamente a Queenie.

—Admiro su aguante —le dijo.

—Vuelve a la cama —contestó Queenie—. Buenas noches.

Subió con la plata al piso de arriba y dejó las dos cajas junto a la cama de Sister.

—Hay más cajas en la casa, ¿verdad? —preguntó Sister con ansiedad, y Queenie asintió con la cabeza.

—Muchas más.

—Perfecto —dijo Sister—. Vuelve a casa, vete a la cama. Y gracias.

Sister se recostó en las almohadas y escuchó los pasos de Queenie alejándose por la casa. Cuando oyó cerrarse la puerta mosquitera, se incorporó y derramó con avidez el contenido de las cajas sobre su pierna herida.

Sister pasó una hora examinando los cubiertos de plata uno a uno en busca de marcas, iniciales y arañazos, antes de volver a guardarlos en sus cajas. En su mente febril visualizaba una gran finca (que en realidad era una versión mejorada de la granja de Gavin Pond) y fiestas de fin de semana que ella misma organizaría. Imaginaba a extraños elegantemente vestidos, coqueteos inocentes y pequeños malentendidos que al final terminaban siempre arreglándose. Imaginaba botellas de champán en cubos de plata llenos de hielo y cuatro comidas al día, cada una de ellas servida sobre un mantel diferente, con su cubertería, su vajilla, sus copas de cristal y sus ramos de flores correspondientes. Imaginó tarjetas de diversos diseños con los nombres de los comensales, y cócteles servidos junto a una piscina azul mientras los niños estaban encerrados en la casa, bajo la atenta mirada de una niñera de pulcro delantal. Elinor estaba allí, con el mismo aspecto que ahora, y Queenie tenía reservado su propio rinconcito en el segundo salón. Miriam tenía un despacho que daba a la piscina, y aunque Frances y Billy vivían en otra casa, iban a visitarlos todos los días en el coche más grande que nadie hubiera visto jamás. Lucille, Grace y Tommy Lee tenían también una casita en el terreno —apenas visible entre los árboles—, lucían vestidos floreados y sombreros de ala ancha, y nunca aparecían hasta las cinco, cuando se paseaban entre los presentes disculpándose y estrechando la mano de todos. Y ahí, en medio del gentío, estaba la propia Sister, fría, distante y sonriente. Parecía estar en todas partes a la vez, saludando a sus invitados, hablando con Ivey, Zaddie y Roxie para asegurarse de que todo estuviera en orden en la cocina, e indicándole a Bray qué tenía que hacer en el jardín. Luego se dejaba caer con gesto elegante en el mullido sillón del rincón, donde pasaba unos segundos recuperándose de tanta exigencia social. Early Haskew también estaba ahí, al otro lado de la gran verja de hierro, intentando entrar y agarrando los barrotes con tanta fuerza que tenía los nudillos blancos. Los grandes coches hacían sonar el claxon al acercarse y él tenía que apartarse para dejarlos pasar, tras lo que las puertas volvían a cerrarse con estrépito antes de que pudiera cruzar el umbral.

La última pieza de plata volvía a estar ya dentro de la caja. Mientras se preguntaba si debía vaciarla de nuevo para volver a empezar, o si debía apagar la luz e intentar dormir unas horas, Sister levantó la vista y vio a Early Haskew en la puerta.

—¿Qué demonios estás haciendo? —preguntó él.

Sister cerró los ojos y se recostó en la almohada, rezando para que la puerta de barrotes se cerrara en la cara de su marido. Abrió los ojos y este entró en la habitación.

—¿Quién te ha dejado pasar? —preguntó Sister con voz temblorosa. Las tapas de ambas cajas se cerraron de golpe.

—La puerta de abajo estaba abierta, podría haber entrado cualquiera —dijo Early en tono despreocupado mientras se sentaba. Tenía ya casi cincuenta y cinco años, y era un hombre tosco y corpulento, con una piel requemada por muchos soles, morena y arrugada como el cuero de una bota vieja olvidada en el fondo de un armario. Sus ojos, enrojecidos y llorosos, estaban hundidos. Y los dientes que aún le quedaban estaban astillados y ennegrecidos. Llevaba consigo el olor del polvo rojo, visible en el doblez de los pantalones y sobre sus botas. Tenía las mangas de la camisa remangadas y la camiseta que llevaba debajo estaba mugrienta por el sudor.

—¿Qué haces aquí?

—He estado viviendo en Mobile —respondió Early—. ¿No lo sabías?

—¡No! ¿Cómo iba a saberlo?

—Podrías haberlo leído en las cartas que te he escrito. Incluso podrías haber respondido a una o dos de ellas.

—Me resulta difícil escribir, confinada en esta cama —repuso Sister.

—He venido a ver si ya estabas bien —dijo Early, meciéndose con gesto satisfecho.

—¿A ti te parece que estoy bien? ¿Tengo aspecto de haber estado fuera de esta cama desde el día en que me caí por esas escaleras?

—Sí, a mí me parece que estás bien —respondió Early.

—Pues no lo estoy —dijo Sister—. Necesito ayuda para todo. Hay gente entrando y saliendo todo el día, cuidándome y haciendo todo lo que les pido. Estoy atrapada en esta cama.

—Apuesto a que podrías caminar si lo intentaras.

—No, no podría.

—He hablado con tus médicos en Pensacola, y todos dicen que deberías estar ya recuperada.

—¿Qué sabrán ellos?

—Son médicos —sugirió Early, encogiéndose de hombros—. Sabrán lo que se supone que deben saber los médicos, ¿no?

Sister miró el reloj.

—Es la una de la mañana. ¿A quién se le ocurre venir de visita a la una de la mañana?

—Me sentía solo en Mobile, Sister. Y se me ha ocurrido que podía venir a Perdido a visitarte.

—Pues ya te puedes dar la vuelta y regresar a Mobile. Y por lo que a mí respecta, cuando llegues a Mobile no tienes ni que parar, puedes seguir conduciendo.

Early siguió meciéndose y no dijo nada. Sister llamó a Ivey, una y otra vez. Al cabo de un rato, Ivey apareció en la puerta vestida con su ancho camisón.

—Hola, Ivey, ¿cómo estás? —dijo Early.

—Hola, señor Early —contestó Ivey.

—Llama a la policía —le ordenó Sister—. Diles que vengan a buscar a este hombre.

—No le hagas caso, Ivey —dijo Early en voz baja.

—No, señor —respondió Ivey, empezando a retirarse hacia la oscuridad del pasillo—. Esto no es de mi incumbencia.

—Voy a deshacerme de ti, Ivey —la amenazó Sister.

—Sí, señora.

Sister se cruzó de brazos y los apretó con fuerza, mirando fijamente a su marido.

—Pues llamaré yo a la policía —dijo Sister con calma.

—¿Y qué les dirás? —preguntó Early—. ¿Que tu marido ha venido a visitarte y ha entrado por una puerta que estaba abierta de par en par?

Sister no cogió el teléfono.

—¿Por qué me tratas así? —preguntó Early con curiosidad—. ¿Por qué eres tan mala conmigo, Sister? En su día no eras así, pero ahora te comportas más como tu madre que otra cosa.

—No soy como mamá, no me parezco ni un poco —protestó Sister, que se puso a llorar—. Mamá nunca lloraría —añadió entre lágrimas.

Early no hizo ningún movimiento.

—Me siento muy solo —dijo—. Te echo de menos. Incluso extraño a mi madre. Me compré un perro, pero lo atropellaron en la carretera. Iba a comprarme otro, pero pensé que también lo atropellarían, de modo que no lo hice. Tengo mucho dinero, la mayoría de la gente no tiene ni idea de cuánto dinero tengo. Pero no lo gasto, solo lo pongo en el banco, porque no tengo en qué gastarlo. Me compré una casa, una casita vieja, y encontré a una mujer que viene a cocinarme. Ay, Sister, es una buena cocinera. No tanto como Ivey, pero es buena. También tengo un patio trasero lleno de lirios de día. No hay ni una brizna de hierba, solo lirios. Tendrías que haber estado ahí en mayo, no has visto tanto naranja y amarillo en tu vida. Ni siquiera tengo que trabajar, si no quiero. Supervisé la construcción de un puente en Bayou La Batre y comí un montón de camarones. Una vez salí en uno de esos barcos camaroneros y me pasé todo el día bebiendo cerveza y comiendo camarones. Y, mientras tanto, no dejaba de pensar: «Ojalá cuando volviera a casa, Sister estuviera allí. Ojalá tuviera compañía por las noches».

Sister se enjugó los ojos con el dobladillo de la sábana y se hundió más en la cama.

—Dentro de pocos años voy a cumplir sesenta. Señor, en su día eso me parecía viejo, pero ya no. Siempre quise que tuviéramos hijos, pero no los tuvimos. A veces pienso: «Sister está muerta». Y luego me digo: «No, es solo que ya no quiere verme». Así que se me ha ocurrido venir y preguntarte: Sister, ¿piensas volver alguna vez a cuidar de mí?

—No —respondió Sister, con un hilo de voz—. Ni loca.

—Podría obligarte —insinuó Early.

—Podrías cargarme a hombros, si es eso a lo que te refieres —dijo Sister—. Podrías atarme al asiento trasero de tu coche y luego a los postes de la cama de tu casa de Mobile. Y podrías atizarme con tus lirios de día hasta que me salieran moratones. Pero hicieras lo que hicieras, no iba a levantar un dedo para cuidarte.

—¿Por qué no? ¿Qué tienes contra mí?

—Nada —dijo Sister sin dudarlo un segundo—. Es solo que no quiero estar casada.

—¿Qué te ha hecho cambiar de opinión?

—Nada.

—Algo habrá sido.

—Cuando mamá murió —dijo Sister con voz ensoñada, distante— y tú no estabas en casa, cambié de opinión. Me dije: «Señor, ¿por qué demonios te casaste, Sister?». Y no se me ocurrió ni una sola razón válida.

—Yo sé por qué lo hiciste —dijo Early.

—¿Por qué?

—Te casaste conmigo en primer lugar por la señora Mary-Love; para poder alardear de marido y para poder obedecerme a mí en lugar de a ella. Pero con la muerte de la señora Mary-Love dejaste de necesitarme, porque ya no había nadie a quien dominar.

Sister no tenía respuesta para eso.

—Yo te ayudé entonces —prosiguió Early—. Ahora tú deberías estar dispuesta a ayudarme a mí.

—Pues no lo estoy —replicó Sister—. Soy una vieja lisiada.

—Podrías caminar si quisieras.

Sister negó con la cabeza.

—Pasaré el resto de mi vida en esta cama, Early.

—Apuesto a que cuando estás sola te levantas y te paseas por la casa con las luces apagadas, para que nadie te vea.

—¡No es verdad!

Early se levantó.

—Sister —dijo—, como alguna vez oiga que has puesto un pie fuera de esta cama, como alguna vez lea en el periódico que tus pies han tocado este suelo, vendré a por ti. ¿Me has entendido? Más te vale quedarte en esta cama. Quédate en esta habitación y ahí te pudras. ¡Ay de ti como oiga que te has vuelto a poner unos zapatos!

—Early, abre la puerta del armario.

—¿Por qué?

—Hazlo.

Early abrió la puerta del armario. Dentro había un tapete con bolsillos que contenía dos docenas de pares de zapatos de Sister.

—¿Ves todos esos zapatos? —preguntó esta, señalándolos. Early asintió con la cabeza—. Llévatelos —le ordenó Sister—. Porque estoy segura de que no voy a volver a usarlos.

Early levantó el tapate de sus ganchos y lo dispuso en el suelo. Algunos de los zapatos se salieron de sus bolsillos, pero Early los volvió a guardar con cuidado. Entonces lo enrolló, se lo metió debajo del brazo y salió por la puerta.

—¡Ivey! ¡Ivey! —gritó Sister—. ¡Cierra la puerta con llave en cuanto salga!

9

Nerita

—Elinor —dijo Oscar una noche después de meterse en la cama, poco después de que Miriam y Billy se fueran a Texas—, nuestra pequeña está triste.

—¿Frances?

—Creo que echa de menos a su marido.

—Puede ser —dijo Elinor pensativa.

—¿No lo has notado? A veces parece que esté en otro mundo.

—Sí, lo he notado —admitió Elinor, acercándose a Oscar.

—¿Y no crees que deberías hablar con ella?

—¿Y qué le voy a decir? —preguntó Elinor.

—Bueno —dijo Oscar, inseguro—, podrías decirle que Billy va a volver.

—Eso ya lo sabe.

—Pero no crees que a lo mejor se imagina que...

—¿Qué es lo que se imagina, Oscar?

—Que Billy y Miriam tienen una relación amorosa, o algo así.

Elinor golpeó a su marido en el pecho con el dorso de la mano.

—¡Oscar! —exclamó—. ¡Pero qué cosas dices!

—Nunca se sabe lo que puede pensar una esposa cuando su marido se va a Texas con otra mujer...

—Pero se trata de Billy. Y de Miriam, ni más ni menos.

—Lo sé, lo sé —admitió Oscar—. Pero yo no estoy hablando de ellos, estoy hablando de Frances y de lo que puede estar pensando. Eso es todo. ¿Hablarás con ella mañana?

—Sí, voy a hablar con ella —dijo Elinor—. Y duérmete, anda. Por la mañana quiero que me cuentes de dónde sacas esas ideas.

A la mañana siguiente, después de que Oscar se fuera a trabajar, Elinor y Frances se sentaron en el porche de arriba mientras esta amamantaba a su hija pequeña. Elinor estaba bordando unas fundas de almohada para el moisés de Lilah.

—Oscar cree que estás triste —dijo.

—Lo estoy —admitió Frances con una débil sonrisa.

—Por la ausencia de Billy, imagino...

Frances negó lentamente con la cabeza y Elinor levantó la vista, desconcertada.

—Pues entonces, ¿por qué? ¿Te preocupa algo en particular? Recuerdo que después de tener a Miriam, y después de tenerte a ti, yo también pasé por fases similares. Seguramente todas las mujeres...

—No, mamá —la interrumpió Frances—. ¿Quieres saber por qué es? He estado pensando en... —hizo una pausa y se inclinó hacia delante, con Lilah contra su pecho— mi otra niña —añadió con un susurró.

Elinor dejó caer la costura sobre su regazo, sorprendida.

—Mamá —siguió diciendo Frances—, ¡la pobrecita ni siquiera tiene nombre!

—Pues le ponemos uno.

—¿Tú crees que podemos?

—¿Por qué no? No querrás llamarla «mi otra niña» toda tu vida, ¿verdad?

—Ya he pensado en un nombre —dijo Frances con timidez.

—¿Cuál?

—En mi mente la llamo Nerita, porque así es como dijiste que se llamaba tu hermana.

—¡Shhh! Nadie más, aparte de ti, sabe que tengo una hermana.

—Pero Nerita está bien, ¿no? Como nombre, quiero decir.

—Eres un encanto. Y sí, está muy bien. ¿Sabes qué significa? Significa «del agua».

—Esa es mi niña...

Elinor retomó su costura.

—¿Piensas en Nerita? —preguntó. Frances asintió.

—Todo el tiempo.

—Porque cuando nació no podías ni mirarla...

—Ya lo sé. ¡Pero sigue siendo mi pequeña! No paro de preguntarme si estará bien...

Elinor no dijo nada durante un momento.

—¿Por qué no vas a averiguarlo? —sugirió entonces en voz baja.

Lilah apartó la boca del pecho de su madre y Frances le limpió suavemente los labios con un paño limpio que tenía doblado sobre el hombro.

—¿Puedo hacerlo, mamá?

—No veo por qué no.

—Pero ¿cómo voy a encontrarla?

Elinor sonrió.

—Solo tienes que meterte en el agua. Ya os encontraréis.

—Me preocupa que no esté comiendo lo suficiente ahí abajo... Para mí, esa noche, dejar a Nerita en el río fue como si dejara a Lilah aquí, en el suelo de la cocina, y esperara que se valiera por sí sola. ¿Te imaginas a Lilah preparando unas galletas o pollo rebozado?

Elinor se rio.

—Pero Lilah y Nerita son diferentes. Nerita no comería galletas ni pollo rebozado ni aunque se los sirvieras en el extremo de un anzuelo.

Frances se estremeció.

—¡Ni se te ocurra decir una cosa así, mamá! ¿No crees que no he pensado en qué pasará si Nerita ve un gusano colgando del anzuelo de un pescador?

Elinor negó con la cabeza y se levantó.

—No va a pasar nada. Ven, dame a Lilah, que la pondré a dormir. Cámbiate de ropa y ve a visitar a Nerita. Cruza por el bosque hasta el río, no queremos que Queenie y el resto te vean yendo hacia el agua.

Elinor tomó a Lilah, mientras su hija se desnudaba rápidamente y se ponía una bata suelta.

Frances dirigió una sonrisa nerviosa a Zaddie mientras atravesaba la cocina y salía por la puerta trasera. Entonces se escabulló entre los robles acuáticos y se adentró en el bosque, al oeste de la casa. Alcanzó la orilla del Perdido, cubierta de arcilla, justo en el punto donde se terminaba el dique. Pasó varios minutos junto al agua, ansiosa por evitar a Nerita y, al mismo tiempo, temerosa de no encontrarla. Recordó el aspecto de la niña y el horror que le habían provocado su forma y su rostro, lo rara que le había parecido Nerita cuando la había tenido en brazos. ¡Y qué extraño se le hacía ahora ir de nuevo en busca de aquel abrazo, entrar en el agua para que Nerita la sorprendiera quizás echándole sus pequeños brazos lisos alrededor de su cuello, o acercándose a su rostro con aquellos ojos tan separados! Frances dejó caer la bata y se adentró lentamente en el río. Antes de que el agua le llegara siquiera a las rodillas tuvo otro momento de duda.

Notó el agua del río sobre las piernas, que de pronto eran elásticas y viscosas. Si no seguía avanzando, la corriente la derribaría. Levantó una pierna, luego la otra y luego otra vez la primera, y se dio cuenta de que estaba experimentando aquella transformación que —después de tantos años— seguía siendo algo completamente misterioso para ella. Sacó un pie del agua y vio que, por debajo de la rodilla, su pierna se había vuelto gris, correosa y lisa. Tenía el pie ancho, con los dedos separados y palmeados.

Su instinto inmediato fue lanzarse de cabeza al río y que la transformación se completara sin tener que tomar conciencia de ella, como siempre antes, pero decidió que esa vez iba a ser diferente. Frances Caskey inhaló profundamente y se adentró con cautela en el Perdido.

A medida que el nivel del agua iba subiendo, la transformación se iba materializando. Frances se detenía cada pocos segundos para comprobar el avance de su metamorfosis: lo gruesa que se iba volviendo de cintura para abajo, la sensación cuando frotaba una pierna contra la otra, qué sucedía si metía una mano en el agua y la dejaba allí...

La mano en cuestión se fue ensanchando, se le separaron los dedos y le crecieron membranas, hasta que se hizo tan grande como los abanicos de papel que daban en la iglesia.

Mientras vadeaba hasta aguas más profundas, notó cómo una fuerza se le iba acumulando en el vientre. De pronto le apetecían cosas que normalmente le habrían dado mucho asco: peces y mariscos vivos, tragados enteros, cadáveres de animales en descomposición, extremidades de niños, detritos orgánicos...

Se metió hasta el cuello. Ya no le resultaba difícil mantener el equilibrio contra el agua corriente. Se sentía inmensa y fuerte, y notaba cómo se seguía transformando bajo la superficie. Encima de aquel cuerpo tan enorme, su cabeza era ridículamente pequeña.

Justo entonces sintió algo que se deslizaba contra su mano palmeada. A continuación, ese algo le mordisqueó un dedo y empezó a trepar por su brazo hacia su pecho.

—¡Nerita! —exclamó Frances Caskey, y metió la cabeza bajo el agua. Durante unos segundos, antes de que los ojos humanos de Frances se transformaran, entrevió la forma borrosa de Nerita (¡que estaba ya mucho más grande!) a través del agua roja de Perdido, avanzando a lo largo de su brazo. Por mucho que fuera su madre, algo en su corazón seguía sintiendo cierta repugnancia ante el aspecto de aquella hija.

Entonces los ojos de Frances se metamorfosearon y pudo ver a Nerita con toda claridad. De repente su forma ya no le resultaba repulsiva. Nerita se abrazó a su cuello y le metió la cabeza entera dentro de la boca, con gesto cariñoso. Parte del cerebro de Frances se sorprendió, pero otra parte le indicó que acariciara amorosamente esa tierna cabeza con su lengua, negra e hinchada.

Ese día, Oscar y Queenie se sorprendieron al ver que Frances no estaba sentada en la mesa.

—¿Dónde se ha metido? —preguntó Oscar.

—Tenías razón —dijo Elinor—. Estaba un poco triste, o sea que le he dicho que se tomara el día libre mientras yo cuido de Lilah.

—Pero ¿adónde ha ido? —preguntó Queenie—. Los coches siguen todos aquí.

Elinor sonrió, se encogió de hombros y dijo que no lo sabía.

Después de comer, Elinor se inventó una excusa y Queenie se fue a su casa, un poco desconcertada. Tenía la clara sensación de que algo pasaba en casa de Elinor, y que tenía que ver con Frances y con el lugar al que esta había ido. Pero Queenie —que ya no se dedicaba a sonsacar información de los demás— se dijo que si tenía paciencia acabaría descubriendo lo que pasaba.

Frances regresó a la casa a última hora de la tarde. Entró por la cocina y pasó por delante de Zaddie, que la ignoró a conciencia. Subió corriendo por las escaleras, dejando un rastro de barro húmedo en todos los peldaños.

Elinor estaba en su dormitorio, reorganizando el armario de Oscar. Frances entró precipitadamente.

—Supongo que la has encontrado —dijo Elinor con aire divertido.

—¡Me ha encontrado ella a mí! ¡Y lo hemos pasado la mar de bien! Señor, ¡qué rápido crece! ¡Mamá, deberías ver la de cosas que sabe hacer esa niña!

—Tú no lo sabes, Frances, pero he estado velando por Nerita.

—¡Y yo que estaba tan preocupada! ¿Por qué no me lo dijiste?

—Porque quería ver si ibas a verla tú misma.

Frances negó con la cabeza.

—Esa niña no nos necesita, mamá. Puede cuidar perfectamente de sí misma.

—Ya lo sé —dijo Elinor—. Pero eso no significa que no le venga bien una visita de su mamá y de su abuela de vez en cuando.

Frances, todavía emocionada, gritó:

—Ay, mamá, ¿cuándo podré volver?

Elinor se rio.

—Hoy no. Mira cómo tienes la piel, estás toda arrugada. ¡Y cubierta de barro del Perdido! Oscar volverá en media hora; antes tienes que lavarte. Y tenemos que inventarnos una historia sobre adónde has ido y qué has hecho. Queenie ya se ha dado cuenta de que no te has llevado el coche.

A Frances todo eso la traía sin cuidado.

—Bah, no me importa lo que piensen.

Elinor se puso seria.

—Sí que te importa —dijo, y Frances se quedó callada—. Bueno, cálmate un poco —añadió Elinor—. Puedes contármelo todo mientras te baño.

Zaddie, que sabía mejor que nunca que no debía hacer preguntas, limpió las huellas de fango que había dejado Frances. Elinor lavó a su hija en la bañera y le enjabonó el pelo, mientras esta le contaba con emoción lo que había experimentado junto a su pequeña bajo la superficie del Perdido.

—Sabes qué ha sido diferente esta vez, ¿verdad? —preguntó Elinor mientras vertía una palangana de agua sobre el pelo de Frances, lleno de jabón.

—¡Todo! ¡Todo era diferente!

—No —dijo Elinor—. La diferencia más importante es que recuerdas todo lo que ha pasado. Recuerdas exactamente cómo ha sucedido.

—Mamá, ya te lo he dicho: eso es porque he hecho que el cambio fuera gradual. Me he metido lentamente en el agua en vez de zambullirme como suelo hacer. Y esta vez estaba esperando el cambio, eso es todo. Por eso me acuerdo.

—Y lo querías.

—Sí, es verdad —admitió Frances—. Supongo que ha sido la primera vez. Imagino que pensaba que Nerita no sería capaz de encontrarme a menos que...

—¿A menos que qué? —preguntó Elinor.

—A menos que... me pareciera a ella —añadió Frances en voz baja. Elinor sonrió y le limpió el jabón de la cara a su hija.

—Has estado mucho tiempo fuera —dijo entonces con tono indulgente—. No sabía qué te había pasado.

—Pero en realidad no estabas muy preocupada, ¿verdad?

Elinor negó con la cabeza.

—Ni un poquito.

—¿Y sabes que Nerita ya puede hablar?

—No, imposible.

—Te digo que sí, mamá. Entiendo cada palabra que dice.

—Eso es otra cosa —dijo Elinor—. Puede que la entiendas, pero no puede hablar. Y tú tampoco puedes, ahí abajo. Pero Nerita también puede entenderte a ti. No hacen falta las palabras.

—Mamá —dijo Frances tras unos momentos de reflexión—, ¿podemos ir juntas alguna vez a visitar a Nerita? ¿Las dos?

—Tal vez. Pero ¿no te resultaría desagradable?

—¿Por qué lo dices?

—Bueno —dijo Elinor—, a mí nunca me has visto ahí abajo...

—Ya lo sé —contestó Frances en voz baja—. Y me gustaría verte... ¿Podemos?

Elinor se rio entre dientes.

—Es como si tuvieras cinco años otra vez: «Mamá, ¿puedo hacer esto? Mamá, ¿puedo hacer aquello?». Bueno, sí, si encontramos a alguien que cuide de Lilah. No se te había olvidado Lilah, ¿verdad?

—Un poco —admitió Frances tímidamente—. ¡Pero Lilah y Nerita son tan distintas!

—Pues sí —asintió Elinor con una sonrisa.

—La cuestión es que ahora que puedo recordar lo que pasa, sé cómo es bajo el agua —dijo Frances emocionada—. Antes experimentaba el cambio y, cuando volvía, no recordaba nada. Tenía la sensación de que era horrible y no sabía por qué sucedía. Todo era realmente horrible, como esa vez en el lago Pinchona, cuando...

—Cuando te encontraste con Travis Gann —dijo Elinor como si nada.

—Sí —respondió Frances—. Aunque en realidad la mayor parte del tiempo no es así. Esa vez estaba muy enfadada con Travis Gann por lo que le había hecho a Lucille. Pero hoy, en cambio, no estaba enfadada con nadie, simplemente me lo he pasado bien con Nerita. Mamá, esa niña...

—Al final resulta que sí la quieres, ¿no es así, cariño?

—¡Ay, mamá, muchísimo! ¿Sabes que puede meter la cabeza entera dentro de mi boca?

Entonces llamaron a la puerta del baño y se oyó la tímida voz de Zaddie:

—¿Señorita Frances?

—¿Qué pasa, Zaddie? —preguntó Elinor.

—Su bebé está llorando. Creo que tiene hambre.

—Bueno, mamá —dijo Frances con un suspiro resignado y salió de la bañera—. Tráemela, anda. Tendré que darle de mamar antes de que papá llegue a casa.

Esa noche, reunidos en torno a la cena, los Caskey constataron con asombro el cambio en otro miembro de la familia, esta vez Frances. Se trataba de un cambio notable, no solo respecto al abatimiento que parecía haberse apropiado de ella desde que Billy se había ido de viaje, sino también del desaliento general que había mostrado desde el comienzo de su embarazo, hacía ya casi un año. De hecho, nadie que la viera en la mesa aquella noche y fuera testigo de su cháchara y su locuacidad, de cómo sonreía por cualquier cosa y se comía un enorme plato de comida, recordaba a una Frances que se le comparara.

—¡Debes de haberte comprado una tienda entera esta tarde! —exclamó Queenie, para quien comprar cosas era el *summum* de la felicidad.

—No he gastado ni un centavo —dijo Frances entre risas—. He estado toda la tarde con mi bebé.

—¡Creía que habías salido! —dijo Oscar, pero Frances se limitó a reír y negó con la cabeza.

El asombro de la familia no terminó ahí, pues a partir de aquel día Frances adquirió el hábito de marcharse todas las tardes y de dejar a Lilah durmiendo la siesta en su cuna. Nadie sabía dónde iba. Nadie la veía salir de la casa y nunca se llevaba el coche. «Frances no puede pasarse el día entero encerrada en casa —se limitaba a señalar Elinor—. Imagino que saldrá a pasear por el bosque.»

Y Zaddie, que algo debía de sospechar, solo decía: «Bastante tengo yo llevando la casa como para, encima, tener que atar una cuerda al cinturón de la señorita Frances».

Esos días, Frances deliraba de felicidad. No parecía echar de menos en absoluto a su marido, ni pareció importarle lo más mínimo cuando Miriam la llamó para informarla de que ella y Billy iban a visitar también Tulsa, por lo que se demorarían tres días más. Lilah era una niña inquieta y Frances parecía impaciente con ella; así, por ejemplo, solo le daba el pecho cuando sus llantos se volvían molestos o cuando sentía sus propios senos demasiado cargados de leche, pero por lo demás no le hacía mucho caso. Y no tenía ningún inconveniente en dejar a la niña a cargo de cualquiera que quisiera hacerle arrumacos, ya fuera Zaddie, Elinor o Queenie.

—Creo que después de tantos días sin Billy, Frances se ha vuelto loca —le dijo Queenie a Elinor en tono confidencial—. Nunca la había visto actuar así y la conozco desde que era una bebé.

Elinor defendió a su hija e inventó excusas para justificar su casi abandono de Lilah.

—Frances lo hace por mí, porque sabe lo mucho que quiero a esta niña. Ya le he pedido que me la ceda, pero dice que antes de firmar los papeles tengo que obtener el permiso de Billy.

Un día en la cama, apenas una semana y media después de comentarle a su mujer que Frances parecía triste, Oscar se aventuró a protestar: el entusiasmo de su hija lo ponía de los nervios. Elinor le pegó un puñetazo en el brazo:

—¡Oscar Caskey! Hace diez días te quejabas de que Frances estaba deprimida. ¡A ver si te decides! ¿No puedes estar satisfecho? ¿No te basta con que tu pequeña haya encontrado la felicidad?

—Es que eso es justamente lo que no entiendo —dijo Oscar—; ¿dónde la ha encontrado?

10

El hijo pródigo

Oscar Caskey echó mucho de menos a su hija Miriam mientras esta estuvo fuera, en Texas, tratando de convencer a las compañías petrolíferas de que invirtieran en el pantano de la granja de Gavin Pond. En su ausencia, descubrió el grado de responsabilidad que su hija tenía en el funcionamiento diario del aserradero y todo el peso del negocio que le había quitado de encima a él. El número de decisiones —menores y no tan menores— que de pronto se veía obligado a tomar era asombroso y se preguntó cómo se las arreglaba Miriam para hacerlo todo. Aquel reconocimiento de las habilidades y la energía de su hija le hacía sentirse aún más viejo y cansado de lo que realmente estaba al final de cada jornada; de pronto comprendió que Miriam no era ninguna secretaria. Su hija trabajaba en la oficina del aserradero para que él pudiera pasar las mañanas en los bosques o en el patio de la fábrica y las tardes en casa, en el porche de arriba. Era evidente que Miriam era ahora la responsable del éxito de los aserraderos de los Caskey, y que Oscar era simplemente su asistente, su apéndice, un ayudante que operaba según las necesidades de Miriam.

Lejos de amargar a Oscar, aquella revelación solo sirvió para que estuviera más ansioso aún por el regreso de su hija.

Una mañana a primera hora, cuando Miriam y Billy llevaban ya más de dos semanas fuera, sonó el teléfono. Oscar salió de la cama de un salto y contestó, convencido de que era Miriam.

—Oscar —dijo ella—. Billy y yo salimos hacia casa en dos minutos.

—Ay, Miriam, eso es maravilloso —suspiró Oscar—. ¿Cuándo crees que llegaréis?

—Tal vez mañana.

—¿Cómo ha ido todo?

—Os lo contaré en cuanto lleguemos. No quiero decir nada importante por teléfono. Adiós.

—Adiós, cariño. Todos te echamos de menos.

Oscar bajó al piso de abajo.

—Ya está en camino —dijo.

Elinor llamó inmediatamente a Queenie y a Sister. Aquella información supuso un gran alivio para todos.

Durante el trayecto de vuelta a casa, Billy Bronze se puso a pensar en el éxito del viaje. Había aceptado de buen grado acompañar a Miriam, pero en su fuero interno estaba convencido de que esta había procedido de forma completamente equivocada. Uno no podía presentarse en la sede de una compañía petrolera con un puñado de mapas topográficos e informes de geólogos. De alguna manera (Billy no sabía muy bien cómo), las compañías petroleras descubrían terrenos con potencial petrolífero y eran estas las que acudían a sus dueños. Cuando, de camino a Houston, se aventuró a comentárselo a Miriam, ella respondió: «Por supuesto que así es como suele hacerse. Ya lo sé. Pero yo lo voy a hacer de otra manera».

Habían pasado un día en Nueva Orleans. Habían comido en un buen restaurante propiedad del padre de una antigua compañera de Miriam del Sagrado Corazón y después de la comida Miriam había ido a la tienda de ropa más cara de la ciudad y se había comprado ropa nueva por valor de ochocientos dólares. Billy observó con asombro cómo Miriam se probaba y compraba un conjunto tras otro. Se fijó también en que compraba toda esa ropa con la misma emoción con la que una madre vegetariana compra carne roja para su familia de carnívoros, y no entendió por qué lo hacía. Cuando llegaron a Houston, lo entendió.

Les habían indicado abruptamente que se dirigieran a la oficina de un subdirector de desarrollo de una de las principales compañías petroleras. A pesar del desprecio evidente con el que se los habían quitado de encima en la oficina principal, Miriam entró con sus mapas, sus estudios geológicos y sus informes bajo el brazo. Se había arreglado el pelo en el hotel esa misma mañana, iba profusamente perfumada y llevaba el primero de sus trajes nuevos. Sonreía como Billy nunca la había visto sonreír. Ante el subdirector, se rio de sí misma y de su incapacidad para interpretar ningún documento. ¿Podía él ayudarla? Presentó a Billy como su cuñado y añadió que no sabía más de todo aquello que ella misma: solo estaba allí para protegerla en la gran ciudad.

Conociendo a Miriam, Billy se sorprendió de que aquel hombre no la calara de inmediato, pero no lo hizo. Se mostró encantado y, al parecer, solo vio ante él a una joven atractiva que ignoraba el mundo de los negocios y cómo funcionaban las cosas. Billy asistió incómodo a aquella impostura. El subdirector echó un vistazo a los documentos, al principio de forma superficial, y luego con interés creciente. Hizo algunas preguntas sobre la propiedad al sur de la granja de Gavin Pond, y Miriam tuvo que confirmarle cinco veces que sí, que estaba en Florida. Entonces, el tipo cogió el informe y los mapas y dijo: «Vuelvo enseguida». Tardó veinte minutos, pero ni una sola vez durante aquella ausencia —y a pesar de que estaban solos en la oficina— Miriam abandonó su papel, ni dijo una sola palabra que la sacara del personaje.

El subdirector volvió acompañado por un superior, un hombre dos niveles por encima de él en el escalafón corporativo, conjeturó Billy. El superior sonrió a Miriam, que le devolvió la sonrisa y dijo:

—Encantada de conocerle. Sea sincero conmigo: ¿es verdad que el señor Bronze y una servidora hemos hecho el ridículo presentándonos aquí de esta forma?

El superior le aseguró a Miriam que no habían hecho el ridículo en absoluto y que él mismo se habría alegrado de recibirlos aun cuando no hubieran traído unos papeles tan interesantes. El hombre quiso saber si era posible que le dejaran los mapas y los informes durante unos días. Miriam, que se había encargado de preparar diez juegos de los documentos, dudó un instante y finalmente respondió:

—De acuerdo, pero solo si me prometen que serán muy cuidadosos con ellos y no los mezclarán con los de nadie.

El hombre se lo prometió.

Miriam le entregó una tarjeta de visita con el número de teléfono de su oficina escrito con letra femenina en tinta violeta en el reverso.

—Billy —dijo—, dale también una de las tuyas.

Billy lo hizo, pero apenas se atrevió a hablar por miedo a que se le escapara la risa.

—Las mandamos hacer la semana pasada —añadió Miriam, todo sonrisas—. ¡A que son bonitas! Mamá me dijo que nadie nos tomaría en serio si no teníamos tarjetas de visita.

El hombre prometió llamarle pronto. Después de estrechar la flácida mano de Miriam y la sudorosa mano de Billy, se marchó a toda prisa con los mapas y los informes.

Hasta que salieron de la oficina, Billy no se dio cuenta de que tenía la camisa completamente empapada por el sudor.

—¿Pero qué...? —le dijo a Miriam por lo bajini mientras pasaban por delante de la mesa de la secretaria.

—¡Shhh! —le chistó Miriam, y a continuación le dijo a la secretaria—: Adiós, cielo.

En el pasillo, en el ascensor y en el vestíbulo de entrada, Miriam mantuvo aquella identidad impostada, pero una vez en la calle, rodeada de hombres de negocios y secretarias que se dirigían a comer, no pudo más y explotó:

—Por Dios, Billy, ¡llévame de vuelta al hotel para que pueda quitarme este maldito vestido!

A Billy lo asombró la precisión de todas sus visitas a las compañías petroleras, y también la similitud entre ellas. Cada mañana Miriam se ponía un traje diferente. Cada mañana los mandaban a la oficina de algún subalterno de un departamento encargado de desarrollo, y cada mañana terminaban presentándoles a su superior. Y después de cada reunión, Miriam se apresuraba a volver al hotel para quitarse aquellos vestidos femeninos que la rozaban por todas partes y ponerse unos pantalones, o incluso un mono. Las tardes eran duras tanto para Miriam como para Billy —primero en Houston y más tarde en Dallas y en Tulsa—, pues no tenían nada que hacer y ambos estaban acostumbrados a trabajar sin parar. La primera noche se hospedaron en habitaciones separadas, pero a partir de ahí decidieron compartir habitación. No es que necesitaran ahorrar dinero, pero odiaban derrocharlo.

La cuestión de la seducción quedó completamente de lado cuando, después de la primera noche en Houston, Miriam dijo con total naturalidad:

—¿Tú has visto lo que nos cobran por estas habitaciones, Billy? La mía tiene dos camas. Duerme aquí esta noche y dejamos la otra. No tiene sentido que nos saquemos quince dólares del bolsillo para ponerlos en los suyos.

Esa noche, hablando por teléfono con su padre, Miriam dijo:

—Si Frances necesita hablar con Billy, dile que duerme aquí, en mi habitación. Este hotel cobra quince dólares la noche y hemos decidido que no íbamos a pagar dos habitaciones ni locos.

—Miriam —dijo su padre—, ¿no sabes que Billy ronca?

Al principio, a Billy le daba apuro que Miriam se vistiera y desvistiera delante de él, hasta que se dio cuenta de que tampoco se molestaba en bajar las persianas. No trataba de seducirlo ni de atraer a los mirones de los edificios vecinos, simplemente era despreocupada e impúdica por naturaleza.

Esa noche, mientras estaba en la cama, con Miriam durmiendo y roncando en la cama contigua, Billy se preguntó por qué había elegido a Frances y no a Miriam. Era un hecho reconocido en la familia, y en todo Perdido, que esta era la más guapa de las dos. Era una mujer capaz e inteligente, y Billy disfrutaba de su compañía. Pero Miriam era como una hermana para él, mientras que Frances era desde luego una esposa. Se trataba —decidió antes de quedarse dormido— de otro misterio más de las mujeres Caskey.

Solo en una de las ocho empresas que visitaron no los recibieron con cortesía e interés. A las demás, Miriam les dijo que podían localizarlos en Perdido en unos diez días, más o menos, pero que hasta entonces iban a hacer un pequeño viaje.

—Que se pongan un poco nerviosos —dijo Miriam.

Terminada su misión, ella y Billy fueron, primero, desde Tulsa hasta Little Rock. El segundo día salieron muy temprano y al mediodía llegaron a Jackson, Mississippi, donde pararon para comer. Se dirigieron a un desvencijado restaurante de barbacoa, de cuya ancha chimenea salía un humo que olía de maravilla. Ambos pidieron costillas de cerdo con cebolla frita y una cerveza.

Después de comer fueron a la caja registradora y Billy pagó la cuenta. Mientras esperaba el cambio, le sorprendió oír que Miriam hablaba con el cocinero que había detrás de los fogones.

—¿Se puede saber qué demonios haces ahí detrás? —preguntó con voz estridente.

Billy levantó la vista. En la parrilla de atrás había un hombre de unos treinta años. Era guapo, a su manera, aunque estaba lleno de grasa y salpicado de salsa de barbacoa, con un delantal mugriento encima de una camisa blanca cochambrosa.

El hombre se volvió hacia Miriam con sorpresa y empezó a responder automáticamente:

—Oiga, señora, que yo solo... —dijo, pero de pronto se interrumpió y exclamó—: ¡Miriam!

—Sal de ahí detrás —le ordenó Miriam—. Ahora mismo.

—Miriam —dijo Billy en voz baja—, ¿quién...?

—A ver, un momento —dijo el encargado de la caja, levantando una mano gruesa y carnosa. El cocinero dejó la espátula y se acercó.

—¿Miriam? —repitió.

—¿Sabes quién es este? —le dijo enfadada Miriam a Billy, sin prestar atención al encargado.

—¡Pues no! —exclamó Billy—. No tengo ni idea.

—Este es Malcolm. Malcolm Strickland, el hijo de Queenie. El hermano de Lucille. Malcolm Strickland, ¿qué demonios crees que estás haciendo ahí atrás?

—¡Cocinar para mí! —respondió el encargado, indignado, y alargó la mano para empujar a Malcolm hacia los fogones—. Y hay gente esperando, Strickland.

—¡Queenie cree que estás muerto! —le gritó Miriam.

—¡No!

—Sí, porque hace no sé cuántos años que no le escribes. Cree que te mataron en algún lugar del Pacífico. Tu madre siempre mira la foto esa de la bandera de Iwo Jima y dice: «Me pregunto si uno de esos pobres muchachos será Malcolm». ¿Por qué demonios no has cogido el teléfono y la has llamado?

Malcolm no respondió y empezó a retroceder hacia la cocina.

—Danjo se alistó en el Ejército —dijo Miriam, levantando la voz—. Se casó con una chica alemana llamada Fred y ahora viven en un castillo en la cima de una montaña. Queenie se pasa todo el tiempo cuidando de Sister, que se cayó por las escaleras cuando Early Haskew fue a por ella y no se ha levantado de la cama desde ese día. —La voz de Miriam iba subiendo en un crescendo—. Lucille tiene un hijo llamado Tommy Lee, y ella y Tommy Lee viven con Grace en una granja al sur de Babylon que tiene millones y millones de barriles de petróleo debajo de un pantano.

—¿Petróleo? —preguntó Malcolm débilmente, abrumado por aquella inesperada avalancha de revelaciones sobre su familia. Siempre había imaginado que, en su ausencia, todo habría seguido igual.

—Malcolm Strickland —dijo Miriam, con voz ahora baja y amenazante—, sal de detrás de este mostrador ahora mismo.

Todos los clientes del restaurante —treinta o más— habían dejado de fingir que comían y prestaban atención al pequeño drama que tenía lugar en el mostrador.

—Strickland, vuelve a la cocina —le ordenó el dueño del restaurante—. Y usted, señora —añadió, dirigiéndose a Miriam con tono exasperado—, ¿por qué demonios no se va?

Miriam levantó el tablero que daba paso a la parte de detrás de la barra, pasó por delante del asombrado encargado, agarró el brazo grasiento de Malcolm y tiró de él.

—Arranca el coche —le dijo a Billy en cuanto dejaron atrás la caja registradora.

Billy, que aún no había cogido el cambio de encima del mostrador, salió del restaurante a toda prisa. Miriam salió tras él, tirando de Malcolm.

—¡Deja el delantal! —bramó el dueño.

—No te muevas —le ordenó Miriam a Malcolm, y le dio la vuelta. Después de soltar el delantal, se lo quitó, lo arrojó sobre el respaldo de una silla y salió con Malcolm por la puerta.

—Sube en la parte de detrás —le ordenó una vez fuera.

—Pero Miriam, ¿adónde diablos...? —empezó a preguntar Malcolm.

—Te voy a llevar de vuelta a Perdido, donde deberías estar.

—Ay, Miriam, no puedo... —dijo Malcolm, que ya estaba en el asiento trasero.

—¿Estás casado o algo así? —preguntó Miriam. Él negó con la cabeza—. ¿Te has comprado una casa?

Malcolm volvió a sacudir la cabeza.

—Pero mi ropa... —aventuró con un hilo de voz.

—Queenie te comprará ropa nueva —sentenció Miriam—. Billy, nos vamos.

El dueño del restaurante se plantó en la puerta del local, gritando que Malcolm estaba despedido y que no volvería a trabajar en todo el condado de Hinds. Miriam se dio la vuelta sobre el asiento.

—James está muerto. Murió hace un año y le dejó dinero a Queenie.

Malcolm se quedó mirando por la ventana, como si ir en automóvil fuera algo completamente nuevo para él.

—Tu viejo amigo Travis Gann también se ha ido. ¿Sabes qué hizo? Violó a tu hermana, eso es lo que hizo. Y la dejó embarazada. Pero eso es un secreto, así que ni una palabra a nadie, ¿me oyes, Malcolm?

Malcolm asintió con la cabeza.

Y así continuó el viaje de vuelta a Perdido. En el asiento trasero, Malcolm apenas conseguía sobreponerse a su desconcierto por cómo acababan de secuestrarlo y de arrancarlo de su puesto de trabajo y de lo que había sido su vida durante los últimos tres años. Mientras Billy conducía hacia el sureste a través de los campos de maíz y algodón de Mississippi, Miriam iba volviéndose en el asiento para lanzarle a Malcolm alguna noticia de la familia o del pueblo, o para reprenderle una vez más por cómo había tratado a Queenie.

Cuando cruzaron la frontera de Alabama ya era de noche y Miriam se había quedado dormida.

—Alabama —dijo Billy, y Miriam se despertó—. Estaremos en Perdido dentro de una hora.

—Miriam —dijo Malcolm—, ¿crees que mamá querrá verme?

—Pues claro que sí —dijo Miriam en tono tajante—. Pero se va a enfadar cuando sepa que sigues vivo.

—Me he portado mal con ella —dijo Malcolm.

—¡Ya te digo! ¿Y ahora qué? ¿Piensas pasar el resto de tu vida gorroneándola?

—Oye, que llevo tres años trabajando. Y antes de eso pasé seis en el Ejército. Hace ya mucho que no gorroneo a nadie.

—Eres un zángano, Malcolm —dijo Miriam—. Nunca vas a hacer nada bueno en la vida. No sé por qué me he molestado en sacarte de detrás de ese mostrador...

—Yo tampoco —susurró Malcolm desde la oscuridad del asiento trasero.

Los Caskey seguían sentados alrededor de la mesa de Elinor cuando Billy, Miriam y Malcolm se detuvieron ante la casa esa misma noche.

—No quiero entrar —dijo Malcolm.

—Yo tampoco querría si oliera como tú —repuso Miriam, bajando del coche—. Espera cinco minutos, Malcolm, y luego entra. No tiene sentido posponerlo.

Billy y Miriam entraron en la casa con paso cansado. En cuanto accedieron al comedor, todos se levantaron de la mesa para darles la bienvenida. Sabiendo que seguramente regresarían esa noche, Lucille, Grace y Tommy Lee se habían desplazado desde la granja de Gavin Pond. El resultado de aquel viaje a Texas no iba a afectar a nadie como a ellos.

—¡La familia casi se viene abajo sin vosotros! —exclamó Queenie, y Frances abrazó a su marido.

—¿Nos habéis traído un millón de dólares en efectivo? —preguntó Grace con sorna.

—No —respondió Miriam—. Lo que hemos traído es un perdigón en el ala.

—Vaya, qué pena —dijo Queenie—. Teníamos la impresión de que había ido bastante bien.

—No hay problema con el petróleo —respondió

Miriam, muy animada—, imagino que el teléfono empezará a sonar mañana.

—El teléfono empezó a sonar hace dos días —repuso Oscar—, pero les dije que todavía estabais fuera y que no había nadie más con quien pudieran hablar.

Billy, aún abrazado a su mujer, miró por encima del hombro de Frances y dijo:

—Miriam y yo tenemos una sorpresa en el coche.

—¡Ah! —exclamó Queenie con entusiasmo—. ¡Nos habéis traído regalos! Apuesto a que son mocasines y cosas de indios. Habéis estado en Oklahoma, ¿verdad? Tengo a un hermano en Oklahoma; no sé nada de Pony desde hace...

Queenie se interrumpió al oír que la puerta de entrada se cerraba.

—¿Y eso? —preguntó Elinor.

—Eso —respondió Miriam— es la sorpresa.

En la puerta del comedor apareció Malcolm, sucio, desaliñado y desvanecido, con olor a grasa rancia y a salsa de barbacoa.

Queenie pegó un grito y se desplomó en su silla.

—¡Oh, Dios mío! —gritó Lucille mientras se colocaba de un salto detrás de la silla de su madre, como para protegerse.

—Creíamos que habías muerto —dijo Grace en voz baja.

—Pues no —respondió Miriam—. Me lo he encontrado a las afueras de Jackson. Tenía el mismo aspecto que ahora, solo que con un delantal. Malcolm, ahora que ya te han visto todos, a lo mejor podrías hacernos un favor e ir a casa de Queenie a darte un baño.

—¿Y qué me pongo cuando salga de la bañera? —preguntó un desconcertado Malcolm, mirando su ropa. Entonces echó un vistazo a su familia, reunida en el comedor—. Miriam no ha querido parar —se justificó—. Supongo que creía que iba a escaparme, pero no lo habría hecho. He echado de menos Perdido. Miriam me ha dicho que James murió. Es una pena.

Entonces se dio la vuelta y desapareció arrastrando los pies por la oscuridad del pasillo. Queenie volvió a gritar y salió corriendo tras él.

—¡Malcolm! ¡Malcolm!

—¡Cómo ha crecido! —dijo Grace maravillada, volviéndose hacia Lucille—. Casi no puedo creerlo.

—Si me hubieran avisado —intervino Zaddie, imperturbable, entrando en el comedor desde la cocina—, habría matado el ternero gordo.

11

Nochevieja

La noche de su regreso de Texas —y a pesar del cansancio—, Miriam se quedó despierta hasta tarde porque Sister no la dejaba irse a la cama. Estaba enfadada por que Miriam hubiera pasado tanto tiempo fuera. Y estaba molesta por que Miriam la hubiera telefoneado con tan poca frecuencia. Le pedía a Miriam que le contara alguna historia, sobre su éxito con las compañías petroleras, por ejemplo, pero en cuanto Miriam empezaba a hablar, Sister la interrumpía y le pedía una historia distinta.

—Cuéntame qué pensaste al ver a Malcolm detrás de los fogones de ese restaurante de barbacoa, querida.

Sister no lograba concentrarse en nada. De pronto le exigía a Miriam que fuera a abrazarla y al momento rompía a llorar, abrumada por la infelicidad que le había producido que la abandonara durante tanto tiempo.

—¿Sabes lo que pasó mientras estabas fuera? —preguntó Sister en tono acusador.

—¿Qué? —dijo Miriam, que estaba sentada en una silla de mimbre junto a la puerta, agotada y lista para largarse en cuanto Sister se lo permitiera.

—¿Sabes quién entró en casa por la puerta principal sin que nadie moviera un dedo para impedírselo?

—¿Quién?

—Early. Early se presentó en plena la noche, entró en esta habitación y dijo: «Sister, vuelve conmigo a Mobile». Incluso intentó sacarme de la cama. Yo le dije: «Early, las piernas no me van a sostener y tendrás un lío entre manos». «Early», le dije, «soy una lisiada». «No, no lo eres», contestó él. «En cuanto salgas de esa cama, vendré a buscarte.»

A Miriam se le caía la cabeza y apenas era capaz de seguir la historia de Sister.

—Sabes qué significa eso, ¿no? —preguntó Sister, airada.

—¿Qué? —murmuró Miriam.

—Significa que no voy a salir de esta cama nunca más, eso es lo que significa.

Eso sí que llamó la atención de Miriam, que levantó la vista.

—No lo dices en serio...

—Ya lo creo.

—Estás en esa cama esperando a que se te cure la pierna. Deberías haberte levantado hace un mes como mínimo.

—No voy a salir de esta cama nunca más —repitió Sister con firmeza—. Y menos aún si Early Haskew está en el coche al otro lado de la calle, espiando mis ventanas con binoculares, a la espera a verme cojear por el pasillo para entrar corriendo a reclamarme.

—Early no va a venir a buscarte —dijo Miriam—. No te puede llevar a ninguna parte si tú no quieres.

—¡Estamos casados!

—¿Y eso qué más da? —exclamó Miriam, sacudiendo la cabeza.

—Arréglame las almohadas —dijo Sister.

—Ni hablar —respondió Miriam, que junto con sus fuerzas había recuperado también la ira—. Si crees que vas a pasarte el resto de tu vida acostada en esa cama mientras los demás tenemos que atenderte y renunciar a nuestra comodidad y a nuestro tiempo libre para colocarte las almohadas, vaciarte los bacines y traerte revistas, estás muy equivocada, Sister.

—¡Me duele mucho la pierna, Miriam! ¿Por qué me hablas así? ¿Por qué te ensañas con una vieja lisiada como yo? ¿Una vieja lisiada que ni siquiera puede levantarse de la cama para ir al baño cuando tiene ganas?

—Estás igual de lisiada que yo —zanjó Miriam, completamente recuperada—. Lo más sensato que podría hacer sería llevarte al campo, abrir la puerta del coche y echarte de un empujón para que tuvieras que volver andando a Perdido.

—Serías capaz, ¿verdad? —gritó Sister—. Apuesto a que lo harías, solo por maldad.

—Yo ya no soy la mala —replicó Miriam—. No soy yo quien obliga a Queenie a pasar siete horas al día aquí cuando podría estar haciendo lo que quisiera en su casa. No soy yo quien no deja trabajar a Ivey porque tiene que subir cada dos por tres para hacerle favores a la lisiada de la cama. Y no soy yo quien mantiene a los demás despiertos hasta altas horas de la noche cuando acaban de regresar de un largo viaje.

—Esa soy yo, supongo. Supongo que estás hablando de mí.

—Pues sí —respondió Miriam, levantándose.

Sister cogió una revista de crucigramas de su mesita de noche y se la tiró a Miriam. La revista voló por el aire y golpeó a Miriam en la parte interior del codo.

—Pues, hala, buenas noches —exclamó Miriam y salió de la habitación.

—¡Miriam, espera! —gritó Sister—. ¡Espera!

Miriam cruzó el pasillo y solo se dio la vuelta al llegar ante la puerta de su dormitorio.

Al otro lado del pasillo, y a través de la puerta abierta de la habitación, vio cómo Sister se esforzaba por salir de la cama. La vio apartar la montaña de almohadas sobre las que llevaba tanto tiempo echada y vio cómo, con un fuerte gemido, se daba media vuelta y sacaba las piernas por fuera del colchón.

—¡Miriam! —gritó Sister.

—Estoy aquí.

Sister se deslizó con cuidado por el lateral de la cama hasta que tocó el suelo con los pies. Poco a poco fue incrementando el peso y finalmente soltó la cama, que había estado usando para apoyarse.

—¿Lo ves? —le gritó Miriam—. No eres una lisiada.

Sister dio un paso hacia el pasillo. Luego otro. De repente, la pierna izquierda se le dobló y cayó al suelo como un fardo. Su pálida frente se estrelló contra el suelo de madera con un sonoro golpe.

Miriam regresó corriendo por el pasillo y entró en el dormitorio. Levantó a Sister (no le costó mucho, ya que esta estaba terriblemente delgada) y la ayudó a meterse de nuevo en la cama. Entonces, extremidad a extremidad, Miriam la acomodó sobre el colchón, la cubrió con las mantas y la recostó sobre las almohadas. Finalmente mojó un trapo en el baño y le enjuagó el chichón de la frente.

—Arréglame las almohadas —gimió Sister, y Miriam le hizo caso.

—¿Estás bien?

—No —dijo Sister—. Acabas de convertirme en un templo viviente de dolor.

—¿Quieres que llame a Leo Benquith?

—¿Y qué va a hacer? Llama a Queenie.

—¡No pienso llamarla a estas horas de la noche! ¡Y aún menos cuando Malcolm acaba de volver!

—Sé que aún estarán despiertos, estoy segura, teniendo en cuenta que has traído a Malcolm de vuelta y todo eso.

—No voy a pedirle a Queenie que venga aquí a la una de la mañana —insistió Miriam.

—Vendrá —dijo Sister con confianza—. Siempre viene.

Miriam no dijo nada, se limitó a dar media vuelta y salió de la habitación.

Sister descolgó el teléfono y, mientras esperaba a la operadora, le dijo a Miriam, que se batía en retirada:

—¿Lo ves? Ya te dije que era una lisiada.

A pesar de lo tarde que era, y tal y como había predicho Sister, todos los habitantes de la casa de Queenie seguían despiertos cuando llamó. Queenie se había llevado a Malcolm a su casa, lo había hecho pasar a su dormitorio y luego lo había metido en el cuarto de baño, donde él le había pasado su apestosa ropa a través de la puerta entreabierta. Ella le había dado otra muda y después se había sentado en el borde de la cama mordiéndose las uñas mientras Malcolm se deshacía del olor a grasa y salsa de barbacoa y lo sustituía por la fragancia del mejor jabón perfumado de James.

Más tarde, con Malcolm vestido con unos pantalones de Oscar y una de sus camisas, la familia al completo se había sentado en la sala de estar, unos frente a otros. Grace se había llevado a Tommy Lee de vuelta a la granja de Gavin Pond, pero había dejado a Lucille en casa de su madre. «Quiero oír las explicaciones de Malcolm —dijo Lucille—. ¡Ni una palabra en cuatro años!»

Pero resultó que Malcolm tenía muy poco que contarles. Había estado en el Ejército, cosa que todos sabían. Se había entrenado en Dakota del Norte, había combatido en Italia y se había licenciado con honores en Massachusetts. Había aprendido dos habilidades: la albañilería y la cocina para multitudes. Tras dejar el Ejército, había estado colocando ladrillos en las aceras de Boston, pero había tenido dificultades con el sindicato y se había quedado sin trabajo. Tras volver al sur, había encontrado trabajo en una empresa de construcción de Little Rock. Cuando lo habían despedido de un proyecto de la empresa en Jackson, había conseguido trabajo en un restaurante del centro de la ciudad. El del restaurante de barbacoa había sido su cuarto puesto como cocinero.

—No parece que te estuvieras forjando precisamente una vida doméstica —comentó Lucille, para quien la vida doméstica se había convertido en algo importante.

—Pues no —dijo Malcolm, compungido.

—Tu casa es esta —intervino Queenie.

Malcolm no respondió, pero a su madre y a su

hermana les pareció que no se oponía a la propuesta; su silencio solo implicaba que se sentía indigno de la generosidad de su madre.

—¿Crees que Oscar o alguien podría encontrarme algún trabajo por aquí? —preguntó finalmente.

—¿Haciendo qué? —quiso saber Queenie.

—Cocinando, tal vez. O poniendo ladrillos.

—¿Cuál de los dos te gusta más? —preguntó Lucille, pero Malcolm se encogió de hombros.

—Me da bastante igual.

—Por Dios, estoy segura de que algo podrán encontrarte, Malcolm —dijo Queenie—. No sé, tal vez quieran enladrillar en el dique o algo así. Pero tienes que decirme una cosa, Malcolm...

—¿Qué, mamá?

—Si te encontramos algo, ¿te quedarás? ¿Y te portarás bien? ¿Y te dedicarás a trabajar, sea en lo que sea?

—Ay, mamá —dijo Malcolm en voz baja—. Tú ya no me conoces. Lo que recuerdas de mí es ese juicio y que me metí en problemas con Travis Gann y todo eso, y que por poco acabo en la cárcel. Eso es lo que te viene a la mente cuando piensas en mí. Pero ese ya no soy yo. No tenía ni veinte años y ahora tengo casi treinta. Pasé seis años y cuatro meses en el Ejército. Y he estado aquí y allá, trabajando y conociendo a gente. La albañilería está bien cuando hace buen tiempo, pero no tanto bajo el sol. Y la cocina está bien si no te importa oler a grasa y andar siempre sucio y sudado. Me han despedido algunas veces, bien porque me enfadaba con alguien, o porque alguien se enfadaba conmigo y nos peleábamos o lo que fuera, pero la mayoría de las veces no fue culpa mía. Si lo fuera te lo diría, pero no lo fue. Mamá, seguramente pienses que después de diez años viviendo fuera me he vuelto como papá, pero no soy como él. Nunca he ido a la cárcel, solo me arrestaron una vez y fue en Boston, en un bar, y ni siquiera participé en la pelea. Se estaban peleando otros y nos detuvieron a todos. Es lo que pasó. Me doy cuenta de que todos me miráis con cara de: «¿A quién va a pegarle ahora?», o «¿A quién mató la semana pasada?», pero no soy así.

Queenie, que estaba sentada en el otro extremo del sofá, se acercó de repente y lo abrazó.

—¡Ya sé que no lo eres! ¡Siempre supe que no lo eras!

Malcolm se echó a reír.

—¡Ya, claro! ¿A que no es verdad, Lucille? Creías que me estaba pudriendo en la cárcel de algún estado, ¿a que sí, mamá?

Pero Queenie negó con la cabeza.

—Creía que habías muerto en Iwo Jima.

Sister llamó justo en ese momento, exigiendo la presencia de Queenie. Esta metió a su hijo, que estaba agotado, en la cama y se dirigió a la casa de al lado para escuchar las quejas de Sister hasta el amanecer.

Al día siguiente, Queenie se llevó a Malcolm a Pensacola y le compró ropa nueva. Este se alarmó ante la cantidad de dinero que su madre gastaba en él y protestó ante aquel dispendio.

—Malcolm —dijo Queenie—, tengo dinero. ¿Y qué mejor forma de gastarlo que en mis hijos? ¿Quieres que te compre la tienda entera? Porque podría hacerlo...

En las siguientes comidas en casa de Elinor, se discutió largo y tendido sobre el futuro de Malcolm. La albañilería y la cocina para grandes grupos no eran habilidades que tuvieran mucha demanda en Perdido, y de todos modos Queenie creía que ya era hora de que Malcolm tuviera un trabajo respetable. Pero sus habilidades eran escasas, el empleo era igualmente escaso y nadie —o eso pareció, por lo menos, durante un tiempo— lo necesitaba. Las semanas iban pasando y a Malcolm cada vez le pesaba más el tiempo que tenía entre las manos.

Cuando Billy Bronze estaba muy ocupado, lo llamaba y le pedía que fuera a Pensacola o a Mobile a entregar o recoger papeles, o a tramitar alguna cuestión menor. Malcolm accedía, a veces acompañado de Queenie. Billy le contó a Miriam lo útil que le resultaba Malcolm, y esta empezó a emplearlo también de forma similar, para llevarle dinero en efectivo a algún granjero del condado de Washington que desconfiaba de los cheques, o para entregar alguna fanega de maíz recién cosechado en la granja de Gavin Pond a la esposa de algún representante en el Congreso.

Toda la familia estuvo pronto al corriente de la buena disposición de Malcolm a la hora de llevar a cabo recados que, aunque triviales, eran incómodos y requerían mucho tiempo, y pronto empezó también a trabajar para Elinor y Sister. Si un canalón se rompía durante alguna tormenta, Malcolm se encargaba de encontrar a alguien que fuera a arreglarlo. Si resultaba que un vestido comprado en Mobile era de la talla equivocada, Malcolm iba a devolverlo. Si alguien necesitaba billetes de tren, Malcolm conducía hasta Atmore y los sacaba. Mantenía los automóviles de los Caskey a punto y con el depósito lleno. Se aseguraba de tener al día los pedidos de leña y carbón, y se encargaba de aplastar los murciélagos que a veces bajaban volando por las chimeneas de Elinor. No era capaz de reparar él mismo una aspiradora de alfombras, pero sí de buscar a alguien que hiciera la tarea en un día. Si algo se estropeaba en cualquiera de las casas de los Caskey, estos se repanchingaban y decían: «Que alguien llame a Malcolm para que se encargue». Al final del verano, Malcolm estaba tan ocupado como Miriam y Billy en sus oficinas. Se había convertido en algo así como el mayordomo de la familia, y los Caskey empezaron a preguntarse cómo habían podido vivir sin él. Billy le ofreció un sueldo.

—Pero ¿en qué consiste el trabajo? —preguntó—. A mí no me importa hacer todas estas cosas, porque realmente no tengo nada más que hacer.

—Velar por que todo esté en orden bien vale un sueldo, Malcolm —dijo Billy—. Y podemos permitirnos pagarte. Toma el dinero.

Frente a aquel nuevo Malcolm, los Caskey apenas se acordaban del antiguo. Todo el mundo estaba de acuerdo en que debía de haberlo pasado mal lejos de Perdido. Estaba tranquilo, pero no era manso; simplemente había aprendido a controlarse. Seguía teniendo su temperamento, pero cuando sentía que este se le iba de las manos por algún desaire o contratiempo, se alejaba unos pasos y tiraba unas cuantas piedras contra algún objeto cercano que no pudiera resultar herido por el ataque, se bebía de un trago una botella de cerveza caliente de una caja que siempre llevaba en la parte trasera del coche, y pronto volvía a calmarse. Si el mal humor le duraba más, se encerraba en su habitación. Queenie le dejaba comida en una bandeja delante de la puerta. Nadie intentaba convencerlo para que saliera y más tarde nadie le preguntaba qué había pasado.

Miriam trataba a Malcolm como trataba a todo el mundo: con indiferencia, impaciencia y una franqueza a veces extenuante. Queenie se horrorizaba ante algunas de las cosas que Miriam le decía a su hijo, pero Malcolm siempre defendía a Miriam:

—Tiene razón, mamá, y lo sabes.

—Pero no tiene por qué decirlo en voz alta, Malcolm, y menos aún cuando pueden oírlo otras personas.

Miriam estaba ocupada. Todas las compañías petroleras, a excepción de una, habían llamado por teléfono pidiendo más información. Los ejecutivos apenas podían creer que aquella Miriam que les contestaba al teléfono desde su oficina de Perdido fuera la misma dama «desorientada» y ataviada con vestidos femeninos que había suspirado y protestado en sus oficinas de Texas y Oklahoma. A todos ellos, Miriam les decía: «No son los únicos interesados. Manden un hombre a verme y le enseñaré lo que hay. Y luego pueden mandar a otro para hablar de dinero».

Se negó a escuchar ofertas preliminares para contratos de perforación exploratoria. Sus interlocutores siempre intentaban persuadirla:

—Deje que nos encarguemos de todo por usted, señorita Caskey.

—No, gracias —respondía Miriam, cortante—. Si realmente están interesados, manden a un geólogo, un ingeniero, un contable y un abogado. Y entonces hablaremos de negocios.

Y así fue como, durante las siguientes semanas y a intervalos escalonados, empezaron a llegar a Perdido una serie de profesionales que se fueron alojando en el hotel Osceola. Miriam y Malcolm los llevaban hasta la granja de Gavin Pond y les presentaban a Grace y a Lucille. Entonces, en dos botes a motor, Malcolm y Grace los guiaban a través del pantano. Miriam se sentaba en la proa de un bote y Lucille en la del otro, sosteniendo los remos en alto para ahuyentar a los caimanes y las serpientes de agua. Miriam ya no le tenía miedo al pantano, pues percibía que era preferible para el negocio que así fuera.

Miriam sabía que esos viajes eran innecesarios, pues los informes de sus propios geólogos e ingenieros eran suficientes, pero quería averiguar cosas sobre las diferencias entre las distintas compañías petroleras y no se le ocurrió mejor forma de lograrlo que reuniéndose con sus representantes.

Un mes después de regresar de Texas, Miriam y los otros Caskey firmaron un contrato preliminar que permitía a la Texas National Oil perforar dos pozos exploratorios en el pantano. La suya no era la oferta más elevada, pero a Miriam, que estaba convencida de que había petróleo bajo el pantano, le interesaba mucho más obtener porcentajes favorables una vez encontraran el crudo y empezaran a extraerlo. La Texas National elevó dos puntos el canon que iba a corresponderles a los Caskey a cambio de que Miriam asumiera los gastos de uno de los dos pozos exploratorios. Calcularon que se necesitarían seis meses para resolver todos los detalles y transportar la maquinaria necesaria hasta Florida, donde nadie había perforado nunca.

—Esas cosas cuestan mucho dinero —dijo Oscar durante la cena, la noche siguiente a la firma final de los documentos—. ¿Estás segura de que ha sido una decisión inteligente?

Miriam se encogió de hombros.

—Lo recuperaremos con el porcentaje que nos corresponderá el primer año.

—Eso si es que hay petróleo —señaló Oscar.

—Elinor dice que lo hay —dijo Miriam, mirando a su madre al otro lado de la mesa—. Y en eso me baso. Si al final acabamos en la casa de los pobres, le podéis echar la culpa a Elinor, no a mí.

Gracias al aserradero, el pueblo bullía y prosperaba, mientras los ríos Perdido y Blackwater fluían tranquilamente, ocultos por los diques rojos. Frances Caskey iba cada día a nadar al Perdido. Todo el pueblo lo sabía y, a veces, algunos niños de diez y once años que tenían prohibido meterse en el río la usaban como excusa.

«Frances Caskey daba clases de natación en el lago Pinchona antes de que tú nacieras —señalaban los padres—. Y si su familia quiere que arriesgue la vida cada tarde, allá ellos. Pero a ti, jovencito, no se te va a tragar el remolino de la confluencia. Y punto.»

Pero esos padres no conocían la vieja costumbre de los chicos de Perdido de bañarse desnudos en el río el día de Año Nuevo. No era un ritual precisamente agradable, ya que a principios de enero el agua estaba casi helada, pero para los chicos aquel rito era al mismo tiempo una supuesta declaración de independencia y una especie de desafío inspirado por la experiencia y el ejemplo de sus hermanos mayores. Solían elegir un punto al sur del pueblo, donde el Perdido era ancho y poco profundo: ni siquiera los niños de diez años querían arriesgarse a terminar succionados por el remolino de la confluencia. El día de Año Nuevo de 1948, siete chicos de Perdido salieron a hurtadillas de sus casas a las nueve de la mañana y se dirigieron a aquel lugar clandestino. Aunque hacía frío y el día estaba nublado, se quitaron las chaquetas, las camisas, los tirantes, los pantalones y la ropa interior. Se sumergieron uno a uno en el agua, empleando el tronco roto de un árbol caído como trampolín. El agua estaba más fría de lo que cualquiera de ellos había imaginado y les castañeaban los dientes incluso mientras les gritaban a sus reticentes compañeros que se metieran. Finalmente, hasta el chico más tímido se deslizó por la orilla embarrada y, gritando y braceando, se metió en el agua fría y fangosa. Los siete chicos nadaron de aquí para allá, se zambulleron y chapotearon con los labios crispados y castañeo de dientes, y al cabo de un rato decidieron que era hora de volver a salir.

Seis chicos remontaron la orilla embarrada.

El séptimo —el pequeño de los Gully, hijo del dueño del concesionario de coches de Perdido— no apareció. Sus amigos recorrieron la orilla arriba y abajo, gritando frenéticamente su nombre. Golpearon el agua con palos largos, lo maldijeron por el susto que les estaba dando, contemplaron con impotencia el agua fangosa que fluía, imparable, y juraron con sangre que ninguno de ellos iba a revelar que había asistido a la desaparición de su compañero. Sabían que, si se enteraban, sus padres no les permitirían volver a salir de casa. Regresaron a sus casas arrastrándose por diferentes rutas, preparados con complejas excusas, temblando, presos de la culpa.

Al final del día, la señora Gully se dio cuenta de que su hijo había desaparecido. Se armó un gran revuelo. Los otros seis chicos, sus amigos, fueron interrogados. Aunque decir aquella mentira hizo que les castañearan los dientes, todos ellos sostuvieron que no sabían nada de nada. Más tarde encontraron la ropa del chico desaparecido en la orilla del Perdido, y los Gully se asombraron de que su hijo hubiera ido a nadar solo el día de Año Nuevo. Los Gully llevaban toda la vida en Perdido y sabían la cantidad de niños que aquellas aguas rojas y fangosas se habían tragado ya: no tenían ninguna esperanza de volver a ver a su hijo. Enviaron a un anciano con un garfio a navegar por el río durante unos días, pero lo hicieron solo para cubrir el expediente y a insistencia de los abuelos, que vivían en Mississippi. Todo el mundo sabía que el Perdido nunca devolvía a sus muertos.

El día de Año Nuevo de 1948 cayó en jueves. Aquella noche, durante la cena, Frances Bronze parecía preocupada y, después de la comida, cuando casi todos estaban ya en el salón delantero, Elinor le hizo un gesto para que la siguiera arriba.

—¿Qué pasa, cariño? —preguntó Elinor mientras acompañaba a su hija a su dormitorio y cerraba la puerta. Frances se sentó en el borde de la cama de sus padres y miró por la ventana hacia la masa de robles acuáticos.

—Un niño pequeño ha muerto hoy, mamá. El hijo de los Gully.

—He oído que lo están buscando —dijo Elinor con cautela—. No he oído que lo hayan encontrado aún...

—No lo han encontrado —dijo Frances, mascando cada palabra—. Ni lo encontrarán.

Elinor se acercó a la ventana.

—¿Nerita? —preguntó.

—Sí —dijo Frances.

Cuando Elinor se volvió, Frances estaba llorando en silencio.

—Querida —dijo Elinor—, estas cosas pasan.

—¡Le dije que no lo hiciera! ¡Que ni siquiera se

acercara a la gente en el agua! ¿Por qué no puede comer pescado? ¡Le encanta el siluro!

—Bueno —contestó Elinor en voz baja—, una no puede vivir solo con una dieta a base de siluro.

—¡Mamá!

Elinor se sentó junto a Frances y le pasó un brazo por la espalda.

—Escucha, cariño, tienes que recordar que Nerita no es como tú y yo. Tú y yo nos las arreglamos bastante bien con la carne de vaca, cerdo y ternera de la tienda de Dollie... Y con la carne de venado que trae Malcolm cuando sale al bosque y caza un ciervo. Pero ¿de dónde va a sacar Nerita la carne de cerdo, de ternera y de venado? Ya es una niña grande y sigue creciendo. Seguramente pensó que lo necesitaba...

—¡Mamá! ¿Y si empiezan a buscarla?

Elinor sonrió.

—No iban a encontrarla, querida. Nerita se quedaría en el fondo de la confluencia hasta que se fueran. Y ya me gustaría a mí ver cómo iban a lograr sacar algo de ahí abajo.

—¿No estás disgustada por el hijo de los Gully, mamá? Conoces a los padres de ese chico, son muy buena gente. Queenie siempre le compra sus coches nuevos al padre, y el hombre siempre es muy educado con nosotros.

—Por supuesto que lo siento por ellos —dijo Elinor—. Pero no podemos hacer nada al respecto.

Además, ¿qué hacía aquel chico en el río el día de Año Nuevo? Ahí fuera hace mucho frío...

—Nerita me ha dicho que ha visto a varios ahí abajo, pasado el pueblo. Ha dicho... —añadió Frances con una mueca—. Ha dicho que los podría haber cazado a todos si hubiera querido.

Elinor sonrió con un resquicio de orgullo en los ojos.

—No hay quien pare a esa chica, ¿verdad? —comentó.

—No, mamá.

Madre e hija guardaron silencio durante unos instantes.

—Pero hay algo más que te preocupa —dijo finalmente Elinor, y Frances asintió con la cabeza—. ¿De qué se trata?

—Creo que prefiero no decirlo.

—Pero me lo dirás de todos modos, ¿verdad? Si no, no habrías subido aquí conmigo. Si no fueras a contármelo todo, me habrías contado nada. ¿De qué se trata?

—Nerita no se comió al pequeño de los Gully entero.

—Ah, ¿no? —preguntó Elinor.

—No. Me guardó una parte.

12

La armadura de Billy

Desde que regresó de Texas, Billy Bronze había notado un cambio en su esposa. La palabra que la describía no era tanto *distante* como *preocupada*... Y, de hecho, parecía preocupada por algo más que su hija Lilah. Al principio se preguntó si podía ser que Frances se hubiera enfadado porque él se había marchado dos semanas con su hermana, y se lo preguntó.

—Frances, ¿sabes qué me gustaría? —le dijo una mañana, midiendo las palabras, mientras se vestía para ir a trabajar y ella cambiaba el pañal del bebé.

—¿Qué?

—Me gustaría no haber ido a Texas con Miriam.

—¿Por qué no? —preguntó Frances—. Miriam dijo que te necesitaba.

—Pero no era verdad. Se encargó de todo ella sola sin problema.

—Entonces te necesitaría para que le hicieras compañía. En el fondo, Miriam no es tan independiente como todo el mundo cree. Ni como se cree ella misma. O sea que le hiciste compañía y la tranquilizaste de que estaba haciendo las cosas bien...

—Entonces ¿no te molesta que fuera?

Frances levantó la vista, sorprendida.

—¿Creías que me había molestado? ¿Por qué iba a molestarme?

—No lo sé —contestó Billy sin mucha convicción—. A lo mejor pensaste que...

—¿Qué es lo que pensé? —preguntó Frances perpleja, pero de repente comprendió a qué se refería—. ¿Que había algo entre vosotros?

Billy asintió y Frances soltó una carcajada.

—¿Entre tú y Miriam? ¡Ay, Billy, qué cosas dices!

—¿Por qué te hace tanta gracia?

—Porque si hubieras querido a Miriam en lugar de a mí, entonces estarías casado con ella. Cuando llegaste a Perdido tuviste la oportunidad de elegir. Y si Miriam te hubiera querido, ahora vivirías en la casa de al lado y sería Miriam quien estaría cambiando pañales. Por eso me hace tanta gracia. Billy, no creerás de verdad que me estaba imaginando que había algo entre vosotros dos, ¿verdad? Espera a que se lo cuente a mamá, ¡se va a reír a carcajada limpia!

Billy estaba perplejo ante la actitud de su mujer. No se le había ocurrido que aquel asunto fuera tan improbable como lo pintaba Frances.

—Dormimos en la misma habitación de hotel —señaló.

—Todo el mundo sabe cómo es Miriam cuando se trata de gastar dinero, y no iba a permitir que te alojaras en una habitación separada. Yo eso ya lo sabía cuando os fuisteis. Por Dios, Billy, ¡que es mi hermana!

Frances se abrió la bata y acercó a Lilah a su pecho izquierdo. Sentada en la mecedora de plataforma que había en el rincón de su habitación, junto a la ventana del porche, empezó a mecerse. Lilah mamaba con los ojos cerrados de satisfacción.

—Bueno —dijo Billy—, pues si no es eso lo que te ha molestado, ¿qué ha sido?

—¿De qué estás hablando ahora?

—Has estado dándole vueltas a otra cosa.

—¿Cuándo?

—Todo el tiempo. Cada vez que alguien te dice algo, tiene que repetirlo, porque nunca estás escuchando. No te acuerdas de Lilah hasta que se pone a llorar, o a menos que Zaddie suba y te diga que es hora de darle el pecho. Siempre estás junto a la ventana, mirando al dique, como si le estuvieras dando vueltas a algo realmente importante. Cariño, solo quiero saber si puedo hacer algo para ayudarte.

Frances guardó silencio un momento y luego se puso seria. Cuando respondió lo hizo con voz tranquila, pero algo en su tono le indicó a su marido que, si bien no se trataba de una mentira, sí que era una evasiva.

—No es nada, Billy —dijo—. No, sí, te diré lo

que es: es ser madre. Es nuevo para mí. Es extraño, no estaba preparada. Siempre estoy pensando en mi pequeña.

A Billy se le escapó una risa incómoda.

—Entonces ¿por qué cada vez que la cojo noto que nadie le ha cambiado el pañal?

—¿Lo ves? —se apresuró a responder Frances—. Todavía no me he acostumbrado. No estoy segura de cómo debo actuar, eso es todo. Pero pronto sabré qué es lo que debo hacer exactamente.

Aquel intercambio no terminó de satisfacer a Billy Bronze, cuyo malestar creció aún más una tarde en que, al volver a casa, descubrió a Elinor en el porche, con Lilah dormida en su regazo.

—¿Dónde está Frances? —preguntó, recorriendo el porche con la mirada, como si su esposa pudiera estar escondida detrás de la pirámide de helechos de la esquina o agazapada detrás del columpio.

—Ah, ha ido a no sé dónde... —respondió Elinor vagamente.

—¿Cuánto tiempo lleva fuera?

—Un rato.

—No debería marcharse así y dejarte a ti al cargo de Lilah.

—Al contrario, Billy, ¡no me importa! ¡Adoro a esta niña! ¡Ojalá pudiera quedármela para mí sola!

En ese momento oyó los pasos de su mujer en la escalera del vestíbulo y fue hasta la puerta del porche para recibirla. Lo sorprendió encontrarla mojada y desaliñada, descalza y con los dientes castañeando en el frío de febrero.

—¿Qué demonios has estado haciendo? —exclamó.

—He ido a nadar —respondió Frances.

—¿Con este tiempo? Pero si hace un frío polar.

—En el agua estoy bien —dijo Frances, que trató de soslayar a su marido para meterse en su habitación—. Solo tengo frío cuando salgo.

Billy la siguió hasta el baño. Frances se quitó la bata y empezó a llenar la bañera con agua caliente.

—Estoy llena de barro —dijo, y era verdad.

—¿Cuánto tiempo has pasado ahí fuera, Frances? He llamado justo después de la comida y Zaddie me ha dicho que no estabas. Son las cuatro de la tarde, ¿has pasado tres horas nadando en el Perdido?

Frances se encogió de hombros y se metió lentamente en el agua caliente.

—Ya sabes cómo es, Billy: pierdes la noción del tiempo. Además, a mamá le encanta cuidar de Lilah. ¿Por qué no me lavas el pelo?

Durante los meses siguientes, y hasta donde pudo ver Billy, las cosas empeoraron aún más. Él estaba muy ocupado con las compañías petroleras: volvió a Texas con Miriam, y más tarde una tercera vez, ahora por su cuenta. Cada viaje duró varios días.

Por mucho que negara que nada hubiera cambiado, Frances se mostraba cada vez más distante con él y con su hija. Elinor también lo negaba. Billy se dio cuenta de que Lilah había quedado al cuidado casi exclusivo de su suegra y de Zaddie. Frances destetó a Lilah a los ocho meses y poco después trasladaron el moisés de Lilah al piso de abajo, con Zaddie. «Llora y no me deja dormir —explicó Frances—. Algunas noches no puedo ni pegar ojo.»

Frances parecía estar desarrollando una verdadera aversión hacia su hija. Nunca le decía nada, ni la cogía en brazos, ni jugaba con ella. Cuando Billy hablaba de Lilah, Frances cambiaba de tema. Cuando Billy cogía a Lilah en brazos, Frances apartaba la cabeza. Cuando Billy jugaba con Lilah, Frances salía de la habitación con alguna excusa poco convincente. Billy le mencionó el asunto a Elinor, pero esta, como siempre, negó que hubiera ningún problema. Según Elinor, si a Billy le parecía que algo iba mal debía de ser porque trabajaba demasiado, o porque estaba experimentando el inevitable bajón que sigue al parto, o tal vez era culpa del mal tiempo invernal. En otras palabras, cualquier cosa que no tuviera que ver con Frances.

Si alguna vez Billy telefoneaba a casa por la tarde y pedía hablar con Frances, esta nunca estaba. La respuesta siempre era esa, tanto si llamaba al volver a la oficina después de comer, como si lo hacía a media tarde, o media hora antes de llegar a casa. Elinor siempre le decía que había salido de compras, o a casa de la costurera, o que había ido a llevarle un bizcocho a alguien que estaba enfermo. Cuando Billy trataba de verificar alguna de estas historias, Frances decía: «Ah, no, mamá se ha equivocado. He ido a la tienda de Dollie Faye a comprar tocino. He vuelto a casa justo después de que colgara el teléfono».

A veces, por la noche, después de apagar la luz, Billy se giraba sobre la almohada y le rogaba a Frances que le dijera qué le pasaba, por qué actuaba así.

—No pasa nada, Billy, nada en absoluto.

Al principio había pensado que podía tratarse de una dolencia física y la animó a ir a visitar a Leo Benquith o al nuevo médico del pueblo, pero Frances no quiso ir.

—No me pasa nada, Billy. Me encuentro bien.

Y lo cierto era que Frances parecía estar cada día más sana. De hecho, a Billy le sorprendió mucho constatar que estaba creciendo: ¡de pronto Frances era casi tan alta como él! La hizo colocarse frente al marco de la puerta de su habitación e indicó su altura con un lápiz. Luego se colocó él frente al marco y también indicó la suya propia. La marca de Frances estaba apenas uno o dos centímetros por debajo de la de Billy.

—Sé con total seguridad que cuando nos casamos eras por lo menos cinco centímetros más baja que yo —exclamó Billy.

—Llevo el pelo de otra manera —explicó Frances—. Y hago muchos ejercicios de estiramiento.

También parecía estar cada vez más fuerte. Una mañana, después de desayunar, Billy salió por la puerta principal para ir a trabajar, pero entonces se dio cuenta de que se había olvidado unas cartas sobre el tocador, de modo que dio media vuelta y volvió a entrar. Subió las escaleras, cruzó el pasillo y cuando estaba a punto de entrar en el dormitorio, vio algo que lo hizo pararse en seco. Frances estaba agachada, levantando la cama con una sola mano por la esquina, mientras buscaba algo que al parecer se le había caído debajo. Billy miró con la boca abierta cómo Frances recuperaba un pendiente de perla y volvía a colocar la cama en su sitio.

—¡Frances! —gritó—. ¡Te vas a romper la espalda haciendo eso!

Frances se levantó y dijo por toda respuesta:

—Bah, esa cama parece pesada, pero en realidad no lo es.

Billy se acercó, puso la mano en el poste de la vieja cama e intentó levantarla. Lo único que sacó de su esfuerzo fue un calambre en el brazo.

Billy hizo un cuarto viaje a Houston, de nuevo con Miriam, en abril de 1948. Esta vez Malcolm iba al volante, mientras Billy y Miriam, sentados en la parte trasera del nuevo Cadillac que Billy había comprado para la familia, revisaban los papeles y la correspondencia, y hablaban sin parar de la estrategia que iban a adoptar. Billy llamó a su mujer cada día de los seis que pasaron en Texas: en tres ocasiones había salido, una estaba durmiendo y Zaddie se negó a despertarla, y solo dos veces logró hablar brevemente con ella. Durante aquel viaje Billy y Malcolm compartieron habitación, y Miriam tuvo una para ella sola.

—Miriam —le dijo Billy a su cuñada mientras tomaban una copa antes de la cena, la noche anterior a su regreso a Perdido—. No sé qué voy a hacer.

—¿Respecto a qué? —preguntó Miriam. Esta había decidido que, esa última noche, ella, Malcolm y Billy saldrían a cenar al mejor restaurante de Houston para celebrar que habían conseguido todo lo que se habían propuesto. Miriam llevaba un vestido nuevo y se había asegurado de que Malcolm se pusiera también un traje nuevo. Ya en la mesa, no le quitaba el ojo de encima para vigilar sus modales y en un momento dado le dijo: «No te molestes en mirar el menú, Malcolm: voy a pedir yo por ti».

—Respecto a Frances —respondió Billy, después de que el camarero les tomara nota—. ¿No os habéis dado cuenta de cómo ha cambiado desde que nació Lilah?

—¿Cómo? —preguntó Malcolm.

—¿Cómo? —preguntó Miriam.

—No sé..., ha cambiado —dijo Billy, encogiéndose de hombros—. Hace cosas extrañas. No le presta atención a Lilah; a la niña la están criando Zaddie y Elinor. Me da la impresión de que el único momento en que Frances coge a la niña es cuando yo estoy en casa y se la pongo en los brazos.

—A lo mejor no le gustan los bebés —sugirió Miriam—. A mí no creo que me gustaran...

—Yo lo que creo es que no le gusta Lilah —dijo Billy—. Es casi como si pensara que le dieron el bebé equivocado, como si le hubiera tocado una sustituta y no quisiera saber nada de ella.

—A lo mejor está enfadada porque siempre estás de viaje en Texas —aventuró Miriam.

—Ella dice que no.

—Malcolm, llama al camarero —dijo Miriam—. Y trata de hacerlo sin ponerte de pie y agitar los brazos por encima de la cabeza.

Malcolm le hizo una señal con la cabeza al camarero. Este se acercó a la mesa y Miriam pidió otra ronda de bebidas. Esa segunda copa soltó aún más la lengua de Billy.

—¿Sabes qué más hace?

Miriam negó con la cabeza.

—¿Qué?

—Ella cree que no lo sé...

—¿Qué hace? —preguntó Malcolm.

—Todos los días sale a nadar al Perdido. Se pasa horas y horas nadando por el Perdido.

—Eso lo ha sacado de Elinor —señaló Miriam—. La culpa de eso se la tienes que echar a Elinor.

—Lo hizo incluso durante el invierno —prosiguió Billy—. Incluso aquel día que hacía tanto frío que se congelaron las tuberías, Frances se fue a nadar al Perdido. La llamo todas las tardes y nunca está. Elinor siempre me da alguna excusa, o Zaddie se inventa algo sobre dónde está, pero yo lo sé perfectamente: está nadando en ese maldito río. Podría subir a ese dique y mirar hacia abajo, y allí vería a Frances, nadando sin parar en un agua donde se te podrían congelar...

—... las pelotas —dijo Malcolm, completando el pensamiento.

—Pero ¿tú la has visto nadar? —preguntó Miriam, lanzando una mala mirada a Malcolm.

—No, pero sé que lo hace.

—No veo por qué te preocupa tanto —dijo Miriam.

—¡Pues me preocupa! —exclamó Billy—. Yo tampoco sé por qué. Porque nunca admitirá que lo hace. Porque no quiere saber nada de Lilah. Porque me temo —añadió en voz baja— que uno de estos días irá a ver a un abogado de Mobile y se divorciará.

—¿Que se divorciará? —exclamó Miriam—. ¿De ti?

—Bueno, es obvio que ya no me quiere. Si me quisiera, también querría a nuestra pequeña. Y no me mentiría constantemente. Me diría cuál es el verdadero problema. Yo creía que me quería...

—Yo también lo creía —dijo Miriam—. Pero, y si no te quiere, ¿qué?

—Pues que va a deshacerse de mí —respondió Billy.

—No tiene por qué —señaló Miriam—. Tal vez te deje quedarte.

Billy negó con la cabeza.

—Miriam, ¿no lo entiendes? Adoro a esta familia. No quiero marcharme de Perdido. Eso es lo que temo, que Frances se me quiera quitar de encima y me eche del pueblo.

Miriam se echó a reír.

—¿En serio te preocupa eso, Billy? ¿De verdad crees que dejaríamos que te marcharas? Aunque tú y Frances os divorciarais, Elinor no querría deshacerse de ti. Te diría que te mudaras a la habitación delantera. Y si Frances no te quiere en casa, te vienes a vivir con Sister y conmigo, y se acabó el problema. Pero no vamos a dejar que te vayas del pueblo. Es la tontería más grande que le he oído decir a un hombre. Malcolm, deja de masticar los cubitos de hielo.

Billy se la quedó mirando, perplejo.

—Yo no puedo dirigir esto a solas —siguió diciendo Miriam, a quien el alcohol también le estaba soltando la lengua—. Y Oscar ya no sirve —aseguró, sacudiendo la cabeza—. Se ha apartado y ya no hace nada. Me lo deja todo a mí. Tiene un hombre de confianza en el patio y otro en los bosques, y esos dos hombres toman todas las decisiones. Oscar se dedica a pasearse por ahí y a hablar con el personal. Baja a la barbería a enterarse de los chismes del pueblo. La barbería tiene un cuarto trasero, del que se supone que nadie sabe nada, y los viejos se sientan ahí a jugar al dominó toda la tarde, a un penique el punto. Oscar cree que yo no lo sé. ¿Qué haría yo sin ti, Billy? ¿Cómo iba a gestionar todo esto por mi cuenta?

—Yo te ayudaría, Miriam —dijo Malcolm—. Estaría encantado de ayudarte.

—No podrías aunque quisieras —soltó Miriam—. Tengo que estar vigilándote a cada minuto. No, necesito a Billy trabajando en su pequeña oficina del centro. Tengo que disponer de alguien con quien hablar de todo este asunto, no lo puedo llevar todo sola. Así que, Billy, si Frances se divorcia de ti, me casaré yo contigo. No vamos a dejar que vayas, o sea que será mejor que te quites todo eso de la cabeza ahora mismo.

Les llevaron el primer plato y no se habló más de Frances. En voz baja, Miriam instruyó a Malcolm sobre los trucos para comer almejas casino y qué hacer con las conchas.

El gran temor de Billy había sido verse desterrado de la casa de los Caskey si Frances declaraba terminado su matrimonio; y ya había visto lo que Sister le había hecho a Early. Billy siempre había considerado que se había casado con el clan entero, como si los Caskey fueran un novia colectiva y Frances apenas la representante que ostentaba el anillo. Y ahora Miriam le había asegurado que, en el peor de los casos, si Frances decidía quitarse ese anillo, ella lo recogería y se lo pondría en su propio dedo.

Armado con este pensamiento, regresó a Perdido. Malcolm aparcó frente a la casa de Miriam y empezó a descargar las maletas. Billy entró en su casa sin perder un segundo y gritó el nombre de su esposa.

Zaddie le abrió la puerta mosquitera y se llevó un dedo a los labios.

—¿La niña está durmiendo? —preguntó Billy.

—No —dijo Zaddie—, la señorita Frances está en la cama, enferma.

Billy, que había imaginado un recibimiento muy distinto, subió corriendo las escaleras. La puerta de su dormitorio estaba cerrada, pero entró sin llamar. Las persianas estaban corridas y las cortinas echadas. La habitación estaba casi a oscuras.

—¡Cierra la puerta! —le gritó Elinor. Estaba sentada en la mecedora de caoba, junto a la cama. Billy empujó la puerta tras de sí.

En la oscuridad apenas lograba distinguir a su

mujer en la cama. La noche era calurosa y, sin embargo, Frances estaba cubierta por unas gruesas mantas. Se dio la vuelta y se deslizó sobre las sábanas.

—Hola, Billy —murmuró Frances.

—¿Qué te pasa? —preguntó él—. Zaddie me ha dicho que estabas enferma.

—No, enferma no —respondió ella con voz débil—. Es solo que no me siento bien.

—Elinor, ¿qué le pasa?

—Mi niña está un poco pachucha —respondió Elinor—. Pero se pondrá bien. Te ha echado de menos. ¿Miriam y tú habéis conseguido lo que queríais?

—Sí, sí —respondió Billy con aire distraído—. ¿Qué dice el médico?

—Nada —dijo Frances—. No necesito ningún médico, solo un poco de reposo. Mientras estabas fuera me he cansado, Billy. Necesito pasar un tiempo en cama, eso es todo. Oye, espero que no te importe, pero hemos trasladado algunas de tus cosas a la habitación delantera. Ahora mismo me cuesta dormir y no puedo tener a nadie más en la cama conmigo. Dentro de unos días volveré a estar bien y entonces lo traeremos todo de vuelta. Te he echado mucho de menos.

En la voz de Frances había un deje tierno y cariñoso. Hacía tiempo que Billy no la oía hablar así, y le generó tal sorpresa y ternura que estuvo a punto de echarse a llorar.

—Claro, cómo no. Y yo también te he echado de menos.

—Billy, ¿por qué no vas a deshacer las maletas? —dijo Elinor—. Frances va a intentar dormir un poco.

—Adiós, Billy —dijo Frances con voz débil—. Me alegro de que hayas vuelto.

—Estaré en la habitación de al lado, cariño —le aseguró Billy—. Llámame y te oiré.

Elinor se levantó de la silla y acompañó a Billy hasta el pasillo.

—¿De verdad que está bien? —susurró el hombre.

Elinor sonrió y asintió.

—Dentro de un día o dos estará como nueva.

Elinor volvió a entrar en el dormitorio.

—¿Se ha ido? —preguntó Frances con un susurro.

—Pues no, no se ha ido —respondió Elinor—. Solo está en la habitación de al lado. Y sigo enfadada contigo, cariño.

—¡Mamá, ya te he dicho que no he podido evitarlo!

—Pues deberías. Sabes muy bien que no debes pasar tanto tiempo en el agua. Me he preocupado mucho. ¿Ves ahora lo que pasa?

—No lo sabía.

—Te lo he dicho una y otra vez, cariño: no puedes quedarte en el Perdido más que unas horas.

—Me estoy asando, mamá —dijo Frances, y apartó las mantas. Sus poderosas piernas gris verdoso resbalaron sobre las sábanas, y sus pies, verdosos y palmeados, libres por fin de aquellas pesadas mantas, se estiraron y se agitaron. Frances se giró un poco y su poderosa cola verdosa se deslizó por el lateral de la cama y quedó colgando sobre el suelo.

13
La fortuna

Billy suponía que Elinor había mantenido una larga charla con su mujer, ya que después de aquella breve enfermedad que la había tenido confinada en cama durante dos días —y que lo había excluido a él del dormitorio y le había impedido ver a su mujer—, Frances estaba mucho mejor, y se parecía mucho más a la mujer con la que se había casado. Era evidente que esta hacía un esfuerzo por prestarles más atención a él y a Lilah, ya no andaba siempre distraída y de vez en cuando incluso esbozaba su sonrisa tímida de antaño. Billy regresó a la cama de matrimonio, junto a su esposa.

Los baños diarios de Frances en el Perdido continuaron, pero ahora solo duraban una hora. Y ya ni ella, ni Elinor, ni Zaddie lo ocultaban. Un día Oscar le dijo a Billy:

—Cuando Elinor y yo nos casamos, se iba a nadar al Perdido todos los días. A mamá no le gustaba; de hecho, en el pueblo no lo aceptaba nadie. Pero a Elinor le daba igual y siguió haciéndolo. Yo no decía ni una palabra, excepto, tal vez: «Elinor, ¿qué tal estaba el agua hoy?». Y, Billy, tal vez eso es lo que deberías decirle tú a Frances. Porque, te guste o no, Frances lo va a seguir haciendo.

Billy no opuso más resistencia a los baños diarios y, poco a poco, se fue sabiendo en el pueblo que Frances Bronze nadaba en aquellas peligrosas corrientes tal como en su día lo había hecho su madre. La gente negaba con la cabeza, sorprendida. Pero los Caskey eran ricos, podían hacer lo que quisieran.

Billy se dijo a sí mismo que debería estar satisfecho; todas las parejas pasan por un periodo de adaptación matrimonial. Y, para él y Frances, esa adaptación no había sido tan difícil ni tan prolongada como la de otras parejas que él conocía. Pero, aun así, Billy tenía la incómoda sensación de que la Frances Caskey que ahora compartía su cama no era la misma Frances Caskey con la que se había casado, como si simplemente actuara como esposa y madre. Cuando le prestaba atención a Lilah, esta parecía ser fruto solo del pensamiento consciente, como si hubiera consultado un cuaderno de espiral con instrucciones para el cuidado de un bebé. Y, por la noche, sus tímidos avances amorosos hacia él en la cama podrían haberse publicado en un calendario distribuido en farmacias. Era como si toda la conversación y los estados de ánimo de Frances estuvieran perfectamente calculados para proporcionar una verosimilitud de normalidad.

Había momentos en los que Billy sí tenía la sensación de ver a la verdadera Frances. Una vez volvió a casa al mediodía para recoger unos papeles de Elinor y se topó con su mujer en el pasillo de la planta baja. Aunque hacía frío, iba descalza, con la cabeza descubierta y desnuda debajo de su bata holgada, pues acababa de volver de nadar. Cuando la vio, estaba sonriente y radiante, pero entonces se le borró la sonrisa al ver a su marido en el pasillo en penumbra.

Algunas tardes, cuando él, Oscar y otros miembros de la familia se sentaban a charlar en el porche del primer piso, Billy miraba por la ventana de su habitación y la de Frances y la veía sentada ante el tocador, con Elinor a su espalda, cepillándole y arreglándole delicadamente el pelo. Hablaban con voz baja y musical, pero Billy nunca lograba oír sus conversaciones.

Billy se acostumbró tanto a aquella nueva Frances que se empezó a olvidar de la anterior. Aunque trabajaba siempre codo con codo con Miriam, nunca volvieron a mencionar su conversación de Houston, durante la cual Miriam le había dicho a Billy que, si Frances se divorciaba, ella se casaría con él. Billy parecía tener dos esposas, las dos hermanas Caskey: Frances, que se quedaba en casa, criaba a su hija, se ocupaba de que no le faltara ropa y se acostaba junto a él por las noches, y Miriam, que hablaba con él por teléfono media docena de veces al día, cerraba negocios y hacía viajes con él, y compartía su trabajo y sus intereses financieros. Ninguna de las dos mujeres estaba celosa de las prerrogativas de la otra. Billy se preguntó si aquella situación no sería la perfección en la vida de un hombre y, con el paso de los meses, concluyó que sí.

A finales de octubre de 1948 llevaron varias piezas de maquinaria de perforación petrolífera de Texas a Pensacola en barco, y desde allí las mandaron Perdido arriba en barcaza. Al sur de la granja de Gavin Pond, en el punto que Elinor le había mostrado a Miriam hacía más de un año, las tierras pantanosas propiedad de los Caskey estaban separadas del río por una delgada franja de matojos y cipreses. En épocas de fuertes lluvias, esos montículos se veían desbordados y el pantano vertía el exceso de agua directamente al río. Con gran dificultad, más de un centenar de peones llegados de Luisiana, amargados y masacrados por los mosquitos, instalaron la maquinaria en el interior del pantano, en una isla que Miriam —siguiendo las indicaciones de Elinor— aseguró que nunca se inundaría. La perforación del primer pozo se inició en enero de 1949. No tardaron ni una semana en encontrar petróleo.

En un segundo pozo, excavado a medio kilómetro de distancia y más cerca de la granja de Gavin Pond, encontraron petróleo al tercer día.

La noticia causó verdadero asombro en la industria petrolera. Miriam no era geóloga, ni siquiera tenía experiencia en el negocio, pero sus mapas de perforación resultaron ser increíblemente precisos. Cuando le preguntaban, Miriam se limitaba a sonreír y decía: «Yo siempre sé lo que hago». Nunca reveló que en realidad había sido Elinor quien la había puesto sobre la pista.

Grace y Lucille estaban orgullosas de las llamaradas de gas que iluminaban el cielo nocturno hacia el sur, visibles a través de la ventana de su habitación e incluso desde su cama.

—¿Sabes qué significa esto, Lucille? —dijo Grace, que nunca había tenido pelos en la lengua—. Dinero, dinero, dinero, dinero.

Abrieron un canal a través del pantano para permitir el acceso de las pequeñas embarcaciones que recogían el petróleo que se iba bombeando, una solución más sencilla que construir una carretera a través del pantano y sacar el petróleo en camión. Perforaron un tercer y un cuarto pozos desde plataformas construidas en medio del pantano. A esas alturas, a nadie le cabía duda ya de que en estos pozos también iban a encontrar petróleo.

Perdido asistió a todos esos acontecimientos con fascinación. Texas, Oklahoma y Luisiana tenían petróleo, ¡pero Alabama y Florida no! Una cosa era que Grace y Lucille instalaran un molino de viento en la granja de Gavin Pond, pero que excavaran un pozo de petróleo en su propiedad ya era harina de otro costal.

Cuando las barcazas cargadas de maquinaria, los peones, los ingenieros y capataces, las dragas, los mecánicos, los cocineros y todos los demás empleados empezaron a llegar al condado de Escambia, en Florida, la noticia corrió como la pólvora por toda la región de Alabama y Florida. ¡Habían encontrado petróleo! Y el petróleo, todo el mundo lo sabía, era más valioso que el ganado, las nueces de pecán y el pino amarillo. El petróleo podía hacer rico a un hombre, si este era dueño de la tierra donde lo encontraban. No había que pasar treinta años esperando a que los nogales pecanos crecieran y maduraran. No había que comprar pienso para el ganado. No había que disponer los plantones en hileras, ni preocuparse por los insectos o los incendios forestales. Uno simplemente firmaba un papel y a continuación se dedicaba a ingresar los cheques expedidos por bancos de Texas. El petróleo era la riqueza preferida del perezoso. Y los vecinos respetaban más a un hombre con dinero fruto del petróleo que a otro que lo hubiera ganado mediante el esfuerzo y el ahorro.

En dos semanas, las pocas propiedades disponibles a ambos lados del río Perdido, desde el pueblo de Perdido hasta el golfo de México, quintuplicaron su precio. El Gobierno federal poseía gran parte de las propiedades de la orilla este del río. En la orilla oeste había terrenos forestales, y más de la mitad ya eran propiedad de los Caskey. Algunos granjeros que tenían la suerte de poseer pequeñas fincas de veinte o treinta hectáreas las vendieron por cuarenta o cincuenta mil dólares y se mudaron de inmediato a Bay Minette o a Foley, a disfrutar del hecho de no tener que seguir porfiando con el obstinado suelo del condado de Baldwin. Otros agricultores, en cambio, decidieron conservar sus propiedades; si el precio de la tierra se había quintuplicado en apenas dos semanas, ¿cuánto podía llegar costar pasadas seis semanas o un año?

Miriam gozaba de muy buena consideración dentro de la familia. Más que el hecho de haber convencido a la Texas National Oil para que llevara a sus hombres y su maquinaria hasta aquel pantano olvidado de la mano de Dios, a treinta kilómetros de ninguna parte, y para que les diera dinero por unos terrenos que no le habrían servido de nada a nadie, lo que verdaderamente complacía a los Caskey era que —antes incluso de que sucediera todo eso— se hubiera asegurado de que las ganancias se repartieran de forma equitativa entre los miembros del clan. El pantano era propiedad compartida de los Caskey; por eso se habían necesitado tantas firmas y por eso tanto el banco como los abogados tenían tantas cartas de poder archivadas. Cuando el petróleo empezó a fluir, Billy se puso manos a la obra para distribuir los cheques. Todos los miembros de la familia (Billy y Miriam incluidos) se asombraron ante su valor. En el otoño de 1949, cuando los pozos llevaban tan solo nueve meses bombeando, los Caskey ya ingresaban más dinero a cuenta de los cánones de explotación que por los beneficios totales de los aserraderos.

—No sé por qué seguimos trabajando —dijo Oscar, con un cheque enorme en las manos—. Podríamos cerrar el aserradero y echarnos a descansar.

—¿Y dejar a seiscientas personas sin trabajo? —señaló Miriam—. ¿Y volvernos todos vagos y gordos?

—Yo ya soy vago y gordo —replicó su padre.

Miriam no se dignó responder.

Cuando Billy les entregaba un cheque, los Caskey se limitaban a firmarlo y se lo devolvían.

—¿Qué se supone que tenemos que hacer con tanto dinero? —preguntó Queenie—. No podría gastármelo ni aunque me dedicara a ello siete días a la semana. Inviértelo en algún sitio, Billy.

Este se echó a reír.

—Queenie, si lo invierto vas a tener aún más.

—Adelante, pero no me lo cuentes —respondió Queenie—. Inviértelo y ya.

Al tiempo que los pozos de petróleo del pantano seguían bombeando, excavaron pozos nuevos, y los Caskey se fueron acostumbrando a aquella nueva riqueza, aunque nunca llegaron a comprender el significado de una prosperidad tan desmesurada. Queenie, por ejemplo, calculaba todas las cantidades como fracciones o múltiplos de veintinueve dólares, que en 1943 era el coste de un vestido nuevo. Así, un cheque de ciento dieciséis mil dólares permitía comprar cuatro mil vestidos nuevos, aunque Queenie no podía ni imaginar qué armarios necesitaría para almacenar semejante vestuario. El límite de su imaginación era un coche nuevo cada año; cualquier cosa más allá de eso la agotaba mentalmente.

Miriam seguía dirigiendo el aserradero y, junto a Billy, ayudaba a los Caskey a sortear las maquinaciones de las compañías petroleras y la explotación del pantano. Hicieron viajes no solo a Houston, sino también a Nueva Orleans, Atlanta y Nueva York, a veces en avión. Los Caskey eran ricos y sus inversiones eran cada vez más complejas. En cualquier ciudad que visitara, Miriam siempre adquiría alguna joyita de diamantes, perlas o gemas de colores que guardaba en una de sus cajas de seguridad. Ahora tenía siete en total. Y, sin embargo, si ella y Billy salían juntos a un club nocturno en alguno de sus viajes, nunca llevaba ninguna joya, excepto los broches de diamantes que había heredado de Mary-Love.

Durante los primeros años de aquella nueva abundancia financiera, los Caskey no cambiaron tanto como Perdido había previsto. La principal diferencia fue que Oscar Caskey abandonó su trabajo en el aserradero. Más allá del mantenimiento de los bosques, el negocio había dejado de interesarle; aunque dijo que seguía amando el olor del pino cuando crecía. Cuando el lago Pinchona abrió un campo de golf de nueve hoyos, Oscar se aficionó y pasaba las tardes allí, jugando dieciocho, veintisiete o incluso treinta y seis hoyos diarios. Pronto perdió toda la grasa que había ido acumulando en los últimos años. Por las mañanas dormía hasta tarde y después de que lo afeitaran en la barbería a veces se quedaba en la trastienda del establecimiento con la esperanza de echar una partida de dominó. Miriam ya ni siquiera fingía que lo necesitaban en el aserradero. Si quería su consejo o su opinión, se los pedía, pero por lo demás le decía: «Tú ve a lo tuyo, Oscar, que aquí nos apañamos».

Oscar se enteró de que había un buen campo de golf cerca de Tallahassee y una mañana temprano le pidió a Bray que lo llevara. Encontró a tres jugadores más en la casa club y pasó toda la tarde jugando. A la semana siguiente volvió y pasó tres días jugando mañana y tarde, esta vez en compañía de Malcolm. Con el tiempo, Oscar supo de otros campos, algunos situados más lejos aún que Tallahassee, pero los visitó de todos modos. Bray siempre lo llevaba en coche, y doblado en el asiento trasero iba siempre el colchón de plumas que tanto había echado de menos la noche que lo habían desterrado a la granja de Gavin Pond. Oscar era rico y tenía sus manías. Le encantaba viajar, pero nunca iba sin su colchón.

Elinor se negaba a acompañarlo. Decía que no le gustaba estar lejos de Perdido, y no soportaba la idea de dejar a solas a Frances y Lilah. Elinor y Frances estaban siempre juntas, excepto durante el baño diario de Frances en el Perdido.

La acumulación de riqueza no supuso ninguna mejora en el temperamento de Sister. Seguía guardando cama todo el día, aunque si al principio la cama era una excusa para no tener que ver a Early, ahora Early se había convertido en una excusa para poder quedarse en la cama. No importaba que su incapacidad de caminar hubiera sido solo una excusa inicial para seguir separada de Early Haskew: las piernas de Sister se habían marchitado y ahora era verdad que no podía caminar. Con una mueca de suficiencia, pensaba en la soledad de su marido en su casa de Mobile, con aquel patio trasero lleno de lirios de día.

Al mismo tiempo, y a falta de algo mejor en lo que ocupar sus horas, Sister se peleó con Ivey Sapp, a quien acusó de haberla convertido en una lisiada con el contenido de aquel frasco azul que le había hecho tomarse la noche en que Early Haskew había ido a buscarla. «Usted sabe perfectamente lo que había en ese frasco, Sister —respondió Ivey—. Y sabe que solo la dejó ciega, nada más. No veía y por eso se cayó por las escaleras. Y a la mañana siguiente ya volvía a ver. O sea que no intente decirme que lo de sus piernas es culpa mía.» Pero Sister no dio su brazo a torcer y el resultado fue que Ivey dejó de subir al primer piso. Queenie se volvió más imprescindible que nunca.

Queenie tenía sesenta años, pero era una mujer vivaz y estaba orgullosa de su familia. La asombraba su buena estrella. Había habido un tiempo, tampoco hacía tanto, en el que creía haber perdido a sus tres hijos, que se habían distanciado de ella o la habían dejado a causa de algún desastre o de una decepción. Danjo seguía en Alemania, firmemente atrincherado en su castillo, eso era cierto, pero Queenie había recuperado a Malcolm, que ahora ocupaba su lugar en la mesa. En cuanto a ella, tenía más dinero del que jamás había soñado que un ser humano pudiera llegar a tener, y podía regalarles a Malcolm y a Lucille coches y ropa nueva y pequeños y grandes viajes, cualquier cosa, de hecho, que quisieran o los hiciera felices. ¿Hubo alguna vez una mujer ya mayor más feliz que Queenie Strickland?

Malcolm era el caballo de tiro de los Caskey y le encargaban numerosas tareas, que llevaba a cabo cada vez con mayor facilidad. Y era evidente para todos que Malcolm estaba enamorado de Miriam. En una ocasión, en el despacho de esta en el aserradero, Malcolm levantó la vista de unas cantidades que estaba sumando y le dijo:

—Miriam, ¿quieres casarte?

—¿Con quién? —preguntó Miriam, en su caso sin levantar la vista.

—Conmigo —dijo Malcolm.

—¿Por qué quieres casarte conmigo?

—No lo sé. Porque sí, supongo.

—No —respondió Miriam—. Si nos casáramos, ¿dónde viviríamos? No podríamos instalarnos con Queenie. Me pone de los nervios, siempre lo ha hecho. Y tú no podrías vivir en mi casa, porque irritas a Sister; no me dejaría ni que te llevara de visita. O sea que no, no podemos casarnos.

A Malcolm aquel rechazo matrimonial tan extraño le pareció razonable, y nunca más volvió a sacar el tema. Esperaría a que Queenie (o Sister) se muriera.

Roxie, que tras la muerte de James se había quedado con Queenie, falleció. Su hija Reta, que tenía ya cincuenta años y aún recordaba haber ayudado a la señorita Elinor a fregar el suelo de James tras la inundación de 1919, acudió al rescate de Queenie. En la granja de Gavin Pond, Sammy Sapp tenía un hermanito y una hermanita que aprendieron a recoger nueces de pecán y meterlas en un saco antes incluso de aprender a caminar. Ivey y Zaddie se habían peleado en 1950 (nadie supo nunca por qué), y en 1954, aunque trabajaban juntas en la cocina de Elinor todos los días del año, seguían sin hablarse. Bray empezó a perder la vista, y su trabajo de chófer pasó a manos de un hombre más joven, el marido de otra de las hijas de los Sapp.

En la granja de Gavin Pond, Grace y Lucille se llevaban tan bien como siempre, y Tommy Lee crecía con la compañía constante de Sammy Sapp, el hijo de Luvadia. Grace sentó a Tommy Lee tras el volante del tractor por primera vez cuando tenía cuatro años y le enseñó a conducirlo. Los pies no le llegaban a los pedales, de modo que Grace colocó una piedra en el acelerador y dejó que labrara un campo recién desbrozado. Con el dinero que obtenía del petróleo, Grace compró dos de los mejores toros del país y abrió un servicio de cría. Construyó dos graneros, un establo y un silo, y duplicó el tamaño de la casa con la adición de una sala de estar, tres dormitorios, dos baños y una sala de juegos para Tommy Lee. Compró un caballo para ella, otro para Lucille y un poni para el niño. Excavó y construyó un estanque para siluros y cubrió de gravilla el camino que llegaba desde la carretera de Babylon. Empezaron a organizar fiestas, y los Caskey pasaron a celebrar el Día de Acción de Gracias en la granja en lugar de en casa de Elinor. Grace y Lucille ofrecían una gran fiesta de Fin de Año, a la que invitaban a todos sus conocidos de Perdido, Babylon y Pensacola. Grace mandó construir una casa flotante diseñada especialmente para ella en Pensacola, que amarró en la orilla del Perdido y donde ella y Lucille se refugiaban cuando querían estar solas. Pero Grace seguía con el gusanillo de la compra de tierras y se dedicaba a acosar sin piedad a los propietarios de las fincas próximas a la granja. Gracias a unos ingresos petrolíferos cada vez más cuantiosos, sus ofertas iban aumentando de forma constante hasta hacerse irresistibles, de modo que cada año había que mover las cercas de la granja de Gavin Pond. En 1955, la suya era la propiedad privada más grande de toda la península de Florida.

Lo que era bueno para los Caskey era bueno para toda la región. Las compañías petroleras empezaron a considerar la zona, a ambas orillas del Perdido. Perforaron otros pozos, algunos de ellos en las propiedades de los Caskey. Más de la mitad de esos pozos hallaron petróleo, de modo que la región recibió aún más dinero.

La prosperidad de los aserraderos y de las compañías petroleras de los Caskey hizo que la población de Perdido se duplicara, hasta superar los cinco mil habitantes. Los Caskey compraron el huerto de nogales pecanos y los pastos de ganado que había frente a sus casas, al otro lado de la carretera, para que nadie pudiera construir. El pueblo se expandió hacia el sur, a lo largo de las dos orillas del Perdido, y hacia el oeste, a través de los pinares. Los Caskey cedieron algunos de sus terrenos próximos al pueblo para varios proyectos de construcción. Abrieron más tiendas en el centro, y estas pronto rivalizaron en calidad con las de Pensacola y Mobile. La alta sociedad de Perdido, que de repente disponía de mucho más dinero, vestía cada vez con más elegancia. Se formaban pequeños grupos que iban a Mobile a pasar la noche. En otoño, varios vagones de ferrocarril reservados para la ocasión transportaban a los entonados aficionados al partido de fútbol americano entre las universidades de Auburn y Alabama. Se construyeron casas de playa en Destin y en Gulf Shores. El lago Pinchona se convirtió en el club de campo de Perdido y, con dinero prestado a bajo interés por Oscar, este añadió otros nueve hoyos a su campo de golf.

De pronto el pueblo parecía estar lleno de niños. La escuela primaria se amplió con fondos donados por los Caskey, y se construyó una piscina municipal junto a la escuela secundaria, de modo que ya nadie en el pueblo tenía la tentación de nadar en el Perdido ni en el Blackwater. Incluso hubo quien propuso reparar el dique, que presentaba grietas visibles y se había erosionado en algunos puntos, aunque lo cierto era que ya nadie recordaba la última vez en que el agua había estado lo bastante alta como para amenazar el pueblo. En los últimos años, los ríos habían fluido con absoluta placidez detrás de sus muros de arcilla, por lo que reacondicionar los diques pareció un despilfarro, más aún cuando dos de las esferas del reloj del ayuntamiento no daban la hora correcta y quedaban aún tantas calles de Baptist Bottom por pavimentar.

En Perdido veneraban a Miriam por haber llevado la prosperidad a la región. En Babylon y otros pueblos del condado de Escambia, en Florida, ese mérito se lo llevaba Grace. Cada vez que iba a la tienda de semillas y alimentos de Babylon, alguien la asediaba. Había hombres que le daban las gracias por todo lo que había hecho y otros que le pedían los nombres de los mandamases de la Texas National Oil; y también había quienes le proponían venderle sus tierras a cambio de sumas de dinero que la dejaban perpleja. A Grace le caían bien estos hombres y les deseaba éxito; quería que los demás pudieran disfrutar también de su propia fortuna.

Un día, en la tienda, Grace se topó con un agricultor al que conocía desde hacía años. Era un tipo trabajador y un hombre de iglesia. Su mujer había muerto de neumonía hacía dos años y a él siempre lo había perseguido la mala suerte.

—Verá, señora Caskey —dijo—, usted ya sabe dónde está mi casa; mi hijo y yo tenemos unas ochenta hectáreas justo ahí, entre Cantonment y Muscogee. Cultivamos un poco de soja y un poco de maíz. Ganamos algo de dinero cuando llueve y perdemos algo de dinero cuando no llueve. Pues bueno, mi hijo y yo estábamos en el campo un día y vimos toda esa maquinaria al otro lado de la valla, más allá de nuestra propiedad, y cuando hablamos con aquellos hombres descubrimos que estaban buscando petróleo. ¡Y lo estaban encontrando! Así que desmontamos la valla y les dijimos: «Pasen, pasen». Y lo hicieron, y encontraron petróleo. A mí no me sorprendió. Ayer alguien se acercó a mi hijo y le dijo: «¿Cómo pinta la cosecha de soja este año?». Y mi hijo le responde: «Qué demonios sabré yo, ya no cultivamos soja. Tenemos maquinaria en nuestra tierra y ya no plantamos soja, porque las raíces podrían estropear las máquinas». De todos modos no se gana mucho dinero con la soja; o sea que ahora extraemos petróleo. No hay comparación en cuanto a dinero se refiere. Ni siquiera tenemos que encargarnos de la maquinaria, lo único que tenemos que hacer es ingresar los cheques cada mes. Hemos comprado dos camionetas. Fuimos hasta Atmore para recogerlas y nos dieron a elegir, de modo que compramos dos iguales. El petróleo sale como si fuera un pozo artesiano...

Los Caskey poseían mil veces las ochenta hectáreas de terrenos ricos en petróleo que tenía aquel agricultor.

14
Legados

Todos en el pueblo sabían que Frances Bronze y su marido Billy se habían distanciado con el tiempo. Algunos aseguraban que Billy tenía una aventura con su cuñada Miriam, pero los que conocían mejor a los Caskey descartaron aquella posibilidad por tres motivos. En primer lugar, porque «Billy no lo haría nunca». Billy era un hombre recto, temeroso de Dios y completamente entregado a la familia Caskey; jamás provocaría una situación tan destructiva para los intereses familiares. El segundo argumento era que «Miriam no lo haría nunca». A nadie le constaba que Miriam estuviera interesada en nada que no fuera ganar dinero, comprar joyas y decir lo que pensaba sin pararse a pensar en las consecuencias. Y, hasta donde sabían, Miriam no tenía ningún interés en los hombres. Esos viajes a Texas eran estrictamente de negocios y, además, ¿no la acompañaba siempre Malcolm Strickland? El tercer argumento era que «Elinor no lo habría permitido».

Todo el mundo sabía lo mucho que Elinor amaba a su hija, la abnegación con la que la había cuidado durante sus terribles enfermedades infantiles y lo mucho que protegía a Frances. Si Elinor hubiera creído que había algo entre Billy y Miriam, lo habría impedido al instante.

Pero Frances ya no negaba los sentimientos que habían echado raíces en su interior: ahora estaba entregada a «su otra hija», Nerita. Vivía para esas horas que pasaba en el agua. Y admitirlo solo hizo que esos sentimientos crecieran aún más. Incluso Oscar, que solía andar distraído pensando en el golf y en sus viajes, se dio cuenta de que su hija estaba siempre como ausente. Frances estaba retraída, no solo respecto a Billy, sino respecto a todos.

—Habla con ella, Elinor —dijo Oscar—. Habla con ella cuando yo no esté.

Parecía que Oscar iba a algún sitio nuevo cada semana, a visitar un campo de golf u otro. Y que prefería los que estaban lejos, en paisajes distintos a los de la península de Alabama. Billy también se ausentaba a menudo por negocios. Cuando las mujeres se quedaban solas, sus vidas eran tranquilas, formales y bien delimitadas. De un tiempo a esta parte, Elinor insistía en que la familia se arreglara para cenar en su casa. Según ella, el aumento de su fortuna y su creciente ascendencia en la región lo exigían. Incluso Oscar, aunque le resultaba incómodo, se ponía traje y corbata antes de sentarse a la mesa. Elinor lucía invariablemente sus perlas negras.

A finales de mayo de 1956, Oscar había ido a Raleigh, en Carolina del Norte, para visitar a algunos amigos y disfrutar de los tres excelentes campos de golf de la zona. Miriam, Billy y Malcolm estaban en Nueva Orleans. Queenie había acompañado a Grace y Lucille a una subasta de ganado en Georgia. Y Sister comía a solas, como siempre. Mientras tanto, Elinor, Frances y Lilah celebraban una fastuosa cena en el comedor, atendidas por Zaddie con un uniforme negro almidonado.

Lilah, que tenía ya nueve años, charlaba con su abuela, hablándole del final del curso, de la fiesta que se estaba preparando en el club de campo y de sus planes para el verano. Frances comía tranquilamente, y si bien no ignoraba a su hija, era evidente que tampoco le prestaba atención.

—Cariño —le dijo Elinor a Lilah después del postre—, ¿por qué no subes un rato arriba? Tu madre y yo tenemos que hablar.

Lilah accedió con la condición de que Elinor le permitiera sentarse en su tocador y probarse sus joyas.

—Mamá —dijo la niña, volviéndose hacia Frances. Esta levantó la mirada de repente.

—Dime, cariño.

—Mamá —repitió Lilah despacio, como si estuviera hablando con un niño tonto—, ¿puedo excusarme?

—Sí, por supuesto —respondió Frances en tono distraído.

En cuanto Lilah abandonó el comedor, Elinor llamó a Zaddie.

—Tráenos más café, Zaddie, y luego cierra las puertas, por favor.

Zaddie así lo hizo.

Sentada en silencio y muy erguida en la cabecera de la mesa, Elinor acarició sus perlas negras, que brillaban débilmente a la luz de las velas. Frances también estaba sentada en silencio, con la cabeza algo ladeada, contemplando a través de las cortinas de gasa la negrura del pinar, más allá del límite de su propiedad. En la última hora se había levantado un viento húmedo que presagiaba tormenta. Las cortinas se ondulaban y las velas chisporroteaban.

—Mamá —dijo Frances, en tono despreocupado—. ¿De qué querías hablar?

—Eres infeliz —dijo Elinor sin rodeos—. Y me duele verte infeliz. Me duele mucho.

Frances jugueteó con su cucharita, moviéndola lentamente por el borde de la taza de café, que se había quedado frío sin que lo hubiera probado siquiera.

—Sí —dijo Frances al fin—, supongo que soy infeliz.

—¿Por qué?

—Porque no sé quién soy —respondió Frances sin pensarlo, y miró a su madre con sorpresa.

—¿A qué te refieres con «quién eres»?

—Siento que cada vez estoy más desconectada —dijo Frances.

—¿De Billy?

—De todo —respondió Frances con tono grave—. De Billy, de Lilah, de papá, de esta casa, de Perdido y del dinero y la ropa. De casi todo.

—¿De mí también? —preguntó Elinor.

Frances sonrió, alargó la mano por encima del mantel de lino bordado y apretó la de su madre.

—No —susurró Frances—, de ti no. Todo es... No sé cómo decirlo, mamá... Borroso, como si me estuviera quedando ciega, o algo así. Impreciso. Nebuloso. Y lo mismo con las cosas que oigo, todo es impreciso. Por eso me lo tienen que repetir todo dos veces para que pueda responder. Al principio creía que a lo mejor tenía que ir al médico...

Elinor hizo un gesto de desprecio.

—Sí, ya sé —dijo Frances—. Además, no todo es borroso. Tú no lo eres, por ejemplo. A ti te veo y te oigo hablar, excepto cuando hablas con Billy o con papá o con Lilah o con otra persona. Y eres igual que siempre.

—¿Y tú por qué crees que es? —preguntó Elinor.

—Sé por qué es —respondió Frances—. Y tú también.

Elinor asintió.

—No me contaste nada de esta parte —dijo Frances.

—Porque no lo sabía —respondió Elinor—. No sabía que pasaría.

Frances esbozó una sonrisa débil.

—Pues ha pasado. Todo esto —dijo, con un gesto dirigido al comedor pero que parecía querer abarcar su vida entera— se está desvaneciendo, mamá. ¿Y sabes lo que se vuelve cada vez más real?

—¿Nerita?

Frances asintió.

—Esa es mi verdadera vida, el tiempo que paso con ella. —Frances miró al techo—. Lilah no es mi niña; es mucho más tuya que mía. Pobrecita, me da mucha pena, porque su mamá no la quiere como debería. Pero no es mi verdadera niña, mi verdadera niña está ahí fuera, en el Perdido. Y yo estoy siempre preocupada por ella, pensando en ella. ¿Sabes por qué nunca me voy de viaje con Billy? ¿Sabes por qué nunca acompaño a papá? Porque no podría soportar estar lejos de mi niña ni un solo día. Mamá, vivo tan solo para esa hora que paso cada tarde en el agua.

—Ya lo sé.

—¿Y sabes qué he descubierto?

—¿Qué? —preguntó Elinor con aprensión.

—Que incluso esa hora al día es demasiado. Cada vez me resulta más difícil volver a transformarme. A veces tengo que pasar un rato sentada en la orilla del río, cubierta con una manta. Una vez Zaddie salió a buscarme, pero no pude levantarme porque me habría visto. Y lo que va a pasar pronto, mamá, es que no podré meterme en el agua ni siquiera cinco minutos sin que esa transformación se prolongue cada vez más.

—Y por eso eres infeliz.

Frances asintió.

—¿Y si tengo que dejar de ver a Nerita? Me mataría. Ay, mamá, ¿tú sabes lo felices que somos ahí abajo?

Elinor asintió con una sonrisa y apartó su taza de café.

—Sí, te he visto. Eres tan feliz con Nerita como lo era yo contigo. ¡Te quiero, cariño! ¡Te quiero tanto! Y me parte el alma verte así.

—Pues dime qué tengo que hacer, mamá.

—No sé qué puedes hacer.

—Dime qué va a pasar.

Se oyó un trueno repentino y al cabo de un momento empezó a llover. El olor a lluvia llenó la habitación y las velas se acobardaron con la humedad. La lluvia caía con tanta fuerza que Elinor tuvo que levantar la voz para hacerse oír.

—No sé qué va a pasar.

La lluvia siguió cayendo durante toda la noche. Al cabo de un rato, Frances y Elinor subieron las escaleras y fueron a echar un vistazo a Lilah, que estaba sentada ante el tocador, probándose unos pendientes de diamantes.

—Deberías haber sido la hija de Miriam —dijo Frances entre risas—, no la mía. Algún día tienes que pedirle a Miriam que te abra una de sus cajas de seguridad.

—Ya se lo he pedido —dijo Lilah, sujetándose con pericia un collar de oro en la nuca—. ¿Vais a seguir hablando?

—Sí —dijo Elinor—. ¿Te importa?

—¿Tengo que salir?

—No —dijo Elinor—. Iremos a la habitación del otro lado del pasillo.

Frances se sentó en su tocador y Elinor le soltó el pelo y empezó a cepillárselo. La lluvia entraba por la ventana abierta, empapando las cortinas y goteando sobre la alfombra.

—¿Quieres que cierre? —preguntó Elinor.

Frances se encogió de hombros y guardó silencio. Parecía perdida en sus pensamientos, mientras la cabeza le iba de un lado a otro por los bruscos cepillados de Elinor. Finalmente, Frances miró el reflejo de su madre en el espejo.

—Mamá —dijo en voz baja—, ¿y si volviera?

—¿Si volvieras? —repitió Elinor. El brazo con el que sostenía el cepillo tembló y le cayó lacio sobre el costado.

—Si volviera para siempre —añadió Frances.

—No sería exactamente volver —dijo Elinor con cautela—. En realidad nunca has vivido allí...

—Ya, pero podría, ¿verdad?

Elinor no respondió a aquella pregunta directamente.

—¿Y Billy?

Frances sonrió.

—¿Lo echarías?

—Pues claro que no. Todos queremos a Billy.

—Entonces no hace falta que te preocupes por él. Billy no quería casarse conmigo, solo quería formar parte de la familia. Si dejaras que se quedara, sería feliz. Tal vez Miriam se casaría con él —reflexionó Frances.

—¿Y qué pasa con Oscar? ¿Qué pasa con Lilah? —quiso saber Elinor, que se acercó a la ventana de guillotina y la cerró de golpe.

—Papá me echará de menos —admitió Frances—, pero Lilah no. Le dejaré mis joyas.

Frances abrió la tapa de su joyero y metió los dedos. Volvió a sacar la mano lentamente. Un brazalete y un pendiente cayeron sobre la alfombra, pero, al parecer, Frances no se dio cuenta.

—¿Y yo? —preguntó finalmente Elinor.

—Mamá —dijo Frances con una carcajada—, tú puedes visitarnos.

Elinor miró el dormitorio.

—¿No echarías de menos a todo el mundo? ¿No echarías de menos todo lo que siempre has tenido? ¿Y si cuando llegues allí no te gusta? ¿Y si no te gusta pasar veinticuatro horas al día, siete días a la semana en el Perdido?

—Mamá —dijo Frances, siguiendo la mirada de su madre por la habitación—, este ha sido mi dormitorio durante treinta y cinco años, pero no siento que sea mi hogar. El río, en cambio, sí.

Elinor se sentó en el borde de la cama de su hija.

—¿Cuándo te irías? —preguntó.

Frances miró por la ventana. Un relámpago cercano iluminó las copas de las encinas de los patios de arena.

—Esta noche —respondió Frances—. ¿Por qué no esta noche? —repitió, levantándose del tocador—. Desabróchame el corsé, mamá —añadió, con excitación evidente—. Ayúdame a desnudarme.

—No puedes...

—Es la noche perfecta —dijo Frances—. Esperaré hasta que Lilah se meta en la cama.

—Pero ¿qué le diré a Billy? ¿Cómo voy a...?

—Diles a todos que me he ahogado —contestó Frances, encogiéndose de hombros—. Es lo que el pueblo entero lleva temiendo años.

Se acercó a la ventana y volvió a abrirla. Asomó la cabeza a la noche tormentosa. Cayó un relámpago y el trueno sacudió la casa. Frances volvió a meter la cabeza; tenía el pelo empapado y el agua de lluvia le caía por la cara.

—¡Ese ha caído sobre el dique! —exclamó, riéndose—. ¡Lo he visto!

Se quitó los pendientes y los dejó encima del tocador.

—Todo esto es para Lilah. A ella le gustará; a mí no me gustó nunca. Grace tiene más o menos mi talla, dile que eche un vistazo a mi armario. Y todo lo demás será para la iglesia de Baptist Bottom.

Mientras decía todo esto, Frances sonreía y le brillaban los ojos.

Lilah abrió la puerta de la habitación.

—Está lloviendo a mares —dijo—. He cerrado todas las ventanas de aquí arriba.

Entonces dirigió una mirada de desaprobación hacia la ventana abierta y el charco de agua que se había formado ya junto a la alfombra.

—¡Mamá! —exclamó en tono de reproche—. ¿En serio no te has dado cuenta?

Frances se limitó a reírse. Se sentó en el banco que había frente al tocador y le pidió a Lilah que se acercara. Esta dio dos pasos hacia ella.

Frances extendió la mano y agarró la de su hija. Entonces la abrazó, riendo.

—¡Mamá! —protestó la niña, que no estaba acostumbrada a esas muestras de afecto.

Elinor se quedó sentada en el borde de la cama, mirando a su hija con aire sombrío. Lilah se percató de ello.

—Mamá, ¿estás bien? —preguntó la niña, apartándose de su madre.

Frances sonrió, recogió los pendientes que se había quitado y se los puso a Lilah en las orejas.

—¡Ay! —gritó esta.

—¡Son tuyos!

Lilah inspiró bruscamente y contuvo el aliento. Entonces se dio media vuelta y miró a su abuela con una expresión que decía: «¿En serio puedo quedármelos?».

Elinor asintió con la cabeza.

Frances volvió a reírse, cogió el joyero y lo puso en manos de su hija.

—¿Quieres también todo esto?

Lilah dio un paso hacia atrás. Frances se encogió de hombros, se rio y se levantó.

—Vete a la cama, anda —dijo entre aspavientos—. Vete a la cama, que ya es tarde.

Muda de asombro, y con las manos sobre las esmeraldas que llevaba en las orejas, Lilah salió del dormitorio de su madre, cruzó corriendo el pasillo hasta su cuarto y cerró la puerta de golpe.

La tormenta amainó durante un rato, pero luego volvió a arreciar con más fuerza. Perdido cerró las ventanas, corrió las cortinas y subió el volumen de los televisores. Un rayo cayó sobre un retoño de roble del dique de Baptist Bottom y el árbol estalló en llamas, ardiendo unos segundos antes de que la lluvia torrencial lo apagara como si alguien hubiera sumergido una cerilla encendida en una cisterna llena de agua.

A las once, Perdido se acercó de nuevo a sus ventanas, miró al exterior y se extrañó de que la tormenta no cesara. Aparecieron pequeñas zanjas en la tierra, alrededor de los cimientos, cavadas por las cascadas de agua que caían de los tejados. Los canalones estaban desbordados. Perdido sintió las primeras punzadas de malestar por no haber invertido fondos municipales en el mantenimiento de los diques desde hacía tres décadas. Sin duda, los ríos iban a subir.

Los niños temblaban en sus camas, preparándose para el siguiente trueno. Armados con linternas, sus padres buscaban goteras y, con gesto cansado, colocaban cubos y cacerolas debajo.

La casa de Elinor estaba en silencio. Lilah dormía. Tumbada en la cama, Zaddie leía viejos ejemplares de *Coronet* y escuchaba la lluvia golpear el techo bajo e inclinado de la celosía.

En el punto álgido de la tormenta, mientras los relámpagos surcaban el cielo durante varios segundos y parecía que los truenos retumbaban durante largos minutos, al tiempo que la lluvia caía a cántaros, aparecieron dos siluetas en el porche de la mansión de los Caskey, en las afueras del pueblo. Nadie las vio.

Frances llevaba una bata oscura y holgada. Su madre llevaba una larga gabardina oscura. Ambas mujeres iban descalzas.

Frances miró un momento a su madre. Entonces se inclinó hacia delante y la abrazó con fuerza. Elinor le devolvió el abrazo.

Frances atravesó el velo de agua negra que brotaba estruendosamente del techo de la casa.

Se detuvo al pie de los escalones y volvió a mirar hacia arriba.

Elinor atravesó con paso decidido la cortina de agua, bajó los escalones y tomó la mano de su hija.

Juntas rodearon la casa hasta hallarse bajo las sombras protectoras de los robles acuáticos. Ninguna de las dos miró hacia la ventana iluminada de la habitación de Sister, en la casa contigua, y se dirigieron con paso lento hacia el dique; la oscuridad y la lluvia eran tan intensas que estaban seguras de que nadie las vería. Subieron los escalones que había al fondo del jardín de Queenie y se detuvieron unos instantes en lo alto del terraplén de arcilla, desde donde contemplaron las aguas negras del Perdido, una franja ancha y turbulenta que fluía a toda velocidad.

Frances volvió a abrazar a su madre. Cuando se apartó, Elinor arrancó la túnica de los hombros de su hija y la dejó caer sobre el barro rojo de la cima del dique. Frances se quedó desnuda.

Esta miró una vez más a su madre, pero no dijo nada. Tampoco la tocó, simplemente dio unos pasos hacia la ladera del dique que descendía hasta el río y se deslizó entre las zarzas, los arbolitos, las botellas rotas y las raíces de arrurruz hasta llegar al fondo.

Elinor miró hacia abajo. Un inmenso relámpago iluminó el cielo, y vio cómo su hija se metía en el agua. Antes de sumergirse del todo, Frances levantó una mano en señal de despedida.

Elinor permaneció en el dique durante media hora. Los relámpagos y los truenos se habían desplazado hacia el norte, pero la lluvia seguía cayendo con ganas. Era noche cerrada. Finalmente bajó los escalones de hormigón y cruzó el jardín. Después de limpiarse los pies en la cortina de agua que caía del techo de la casa, entró y despertó a Zaddie para contarle que Frances se había ahogado en las aguas nocturnas del Perdido.

Índice

Esta obra se terminó de imprimir
en el mes de diciembre de 2024,
en los talleres de Impresora Tauro, S.A. de C.V.
Ciudad de México.